长安听月

长安
听月

朱鸿 著

陕西新华出版
陕西人民教育出版社
·西安·

图书在版编目（CIP）数据

长安听月 / 朱鸿著. -- 西安 : 陕西人民教育出版社，2025. 5. -- ISBN 978-7-5757-0488-5

Ⅰ. I267

中国国家版本馆CIP数据核字第2025XY4743号

长安听月

CHANGAN TINGYUE

朱 鸿 著

出品人	李晓明 叶 峰
出版发行	陕西人民教育出版社
地 址	西安市丈八五路58号
总策划	叶 峰
责任编辑	张亦偶 许竞丹
封面设计	胡崇峯
内文设计	潘 宇
经 销	各地新华书店
印 刷	陕西金和印务有限公司
开 本	890毫米×1240毫米 1/32
印 张	10.25
字 数	205千字
版 次	2025年5月第1版
印 次	2025年5月第1次印刷
书 号	ISBN 978-7-5757-0488-5
定 价	58.80元

题记

长安听月

月有光，晚上很明，遂为月亮。

在中国，诗人以月的光，月的清寒，月的神秘，兴叹抒怀，足有三千年的历史了。月总能给诗人以灵感，诗人从来不舍月。

李白尤其恋月，凡山月、江月、城月和边月，无不使他慨喟。他是一个非常孤独的人，经常望月，对月，甚至喝酒解忧的时候，由于没有朋友共饮，便邀月为伴。但这却反衬了李白的寂寞，也反衬了他的孤独。当然，这也显出了月对李白的一种慰藉。

长安一片月，万户捣衣声。

秋风吹不尽，总是玉关情。

何日平胡虏，良人罢远征。

我很是欣赏这首诗，不仅因为长安的月，也因为李白怜悯长安的女士，怜悯天下的女士，希望结束战争，实现和平。

比起李白，杜甫更是贴心。

今夜鄜州月，闺中只独看。

遥怜小儿女，未解忆长安。

香雾云鬟湿，清辉玉臂寒。

何时倚虚幌，双照泪痕干？

离乱岁月，杜甫忧国忧民，不过他也想自己的妻子。妻子很妖娆，他和妻子也很亲爱。杜甫如此富于人性和人情，怎么能不贴心呢？是长安的月引起了杜甫对妻子的思念，且使他断定，妻子也在鄜州看月，并思念着他。沈德潜认为杜甫并非在夸赞妻子姿质之秾艳，而是情悲之流露。沈德潜有一些道理，不过杜甫妻子漂亮，杜甫和妻子关系密切，这也是事实。

长安的月，从来就有自己的卓异，这由纬度、海拔和气候所决定。我始终喜欢长安的月，我不知道这是诗人影响的结果，还是出乎天性，总之喜欢。

我对月的喜欢，倒有一点特别。我不仅会举头看月，还会侧耳听月，且以听月为习惯。小时候，夏夜，我跟生产队的社员睡在场里乘凉。他们早就入眠，做梦，可惜我久久醒着，兴奋着。月在行，白云在飘，月穿白云之际，我听见了一种月与白云摩擦的声音。我还听见了宇宙深处，星辰旋转的声音。多年以来，我也屡屡听见嫦娥暗泣的声音，吴刚伐木的声音。嫦娥窃了不死之药，遂奔月，居于月中。吴刚月下斫桂，是他学仙犯了错误。月如此之好，怎么变成了惩罚嫦娥和吴刚之地呢？嫦娥和吴刚，真的有问题吗？

月不发光，它的光是反射太阳的。月甚为干涸，温差也大，且遍布沙尘。科学铺天盖地，越来越厉害，然而科学并没有打败神话。

神话不免聚焦于月，且在文化上，月已经是一种原始意象了。月可以看，可以听，可以欣赏，丰富着诗人及所有人的精神世界。

长安听月，其意无穷无尽。我之所思，往往发生在听月之间或听月以后。

2024年4月24日，窄门堡

目录

林语堂给苏轼的人生涂抹了浓厚的暖色，从而掩盖了苏轼之痛。苏轼也并没有完成什么突围，因为他临终的眼睛仍有惊恐。

——朱鸿

究茶

清明节前，随几个朋友小游。既是朋友，又是小游，便信马由缰了。

过了汉水，任车向南。葱茏的丘陵闪失一个，又呈现一个，巨浪似的重重叠叠，滔滔不绝，很是赏心悦目。不过总是这种隔雾观花的风景，渐渐也就无趣了。

有人提议：“离开公路，走小路！”众口齐呼：“好！走小路！”便看到一块朱家河村的界碑。可惜仅走了几十米，竟不能通车了。小路还是小路，其婉转推进，只是轮胎所辗的混凝土路变成了原始的土路，遂只能步行。

竹在岩旁，松在垅侧。阳光轻染，草木幻黄。空气透明，蝉便脆鸣。

蓦地出现一个沟壑，形势遂顿然开朗。斜坡三面，皆种其茶。一排，两排，八九排，叶子密而发亮。几个采茶的男女，有老有少，正在叶子之间拣选。想看一看他们的神情，就喊了一声，以让他们惊动。虽然老夫发狂，但采茶的人却毫无反应。

书上说："茶者，南方之嘉木也。一尺二尺，乃至数十尺。其巴山峡川有两人合抱者，伐而掇之。"朱家河的茶似乎应该属于巴山峡川的范畴，可惜我过去唯知道西湖的茶，有一年至杭州，还专门登翁家山见识了一次龙井茶。朱家河的茶尽是六七年的新茶，看起来并没有高至数十尺的老茶。

不惑以后，颇喜饮茶，但农药和化肥却使人常存忌讳，往往为买什么茶踌躇再三。我多买云南的茶，是图其地方僻远，污染少。现在看到采茶的人，不禁兴奋，便问这里的茶怎么样。他们低着头，伸着手，目光流转，寻找着可摘之尖，对吾辈置之不理。阳光尚软，然而也够晒了。他们都戴帽子，凡姑娘还用纱巾护着脸。

尴尬之际，从丛林里出来了一个青年，便请教他。还好，他也是采茶的。他说："这里的茶没有问题。""怎么没有问题？"他说："用灯灭虫，施农家肥呀！""谁能保证呢？"他急了："你们怎么上山的？不会是开车上山的吧？这里不通车就是为防止尾气污染呢！而且这里不只是单一的茶，果木、农田、鱼池，什么都有。为什么？生态平衡呀！生态平衡才会出产优质的茶！""你是老板吧？"他生硬地说："打工的。"就过去采茶了。

素知茶之不易，平常用茶总是要喝尽其味的。偶尔有一芽或一片叶子落在桌面上，总要捡起来放进壶里。临茶、究茶，也许更要珍惜了。

原载《新民晚报》2018年4月24日

槐花

朋友召我，让我欣赏永寿的槐花。

永寿在关中北部，处于丝绸之路沿线，现在是陕西咸阳的一个县。

这一带总是干旱，然而今年的初夏偏偏多雨，怕黄土起泥，又怕槐花落了，朋友唤得急。我以有事，延宕了三天。仅迟了三天，数十万亩槐花就几乎谢空了。在槐树的林间走了一趟，既不见花白如雪，也不嗅花馨欲醉。想观察一下蜜蜂如何探采，也晚了。蜂农有的撤了，未撤的蜂农也在拆帐篷，卷铺盖，准备撤。我白跑了吗？没有，我并不以为遗憾。

站在山峁上小憩，我望向远方。千丘万壑，遍野尽绿。浅绿的是草，深绿的是木，槐树创造了深绿。在浅绿与深绿之间过渡的，应该是小麦。

槐树生机勃勃，十分强劲。不管是生长在阳坡上，还是生长在阴沟里，都会左攻右占，旋转上天。凡是有槐树的地方，几乎不见别的植物。也许槐树进化了特殊的水分和营养的吸收管道，别的草木敌不过它，遂全军覆灭。槐树独霸，使人慨叹。

偶尔会在残庙旁或老村边发现一棵国槐，其粗可以合抱。这里的国槐大约都有几个世纪了，主干往往弯曲着，不过枝叶葱茏，风姿丰伟。

槐树名曰刺槐，因为是由德国引进的，遂为德国槐，也为洋槐。然而槐树也并非德国固有的植物，其原产地是北美洲。槐树到欧洲，包括到德国，再从德国到中国，其迁移路线如此。

当年德国在山东胶州修建铁路，急需枕木，而且要的量大，便灵机一动，筹划以种槐树成事。槐树材质硬，生长也快，就顺利完成了承担枕木的任务。一旦中国引进了槐树，它也能从山东到陕西，从胶州到永寿。

永寿在其丘壑之间广种槐树，始于20世纪70年代。春秋接继，种而不止，多年下来，永寿的初夏便有了数十万亩槐花。

槐树大有繁衍的能力，它通过对水分和营养的掠夺，排斥乃至摧毁了别的植物。然而国槐是本土植物，其力大矣，抵抗了它。国槐像秦岭一样巍然且嵬然，坚守于它的原产地。周人以诗颂国槐，唐人更是以国槐装潢其衙门和行道。国槐也是我之所爱，长安的国槐，凡是汉以降的，我一一拥抱过。

槐花既能生吃，也能熟吃。小时候，我每年都会享用母亲蒸的槐花麦饭。撒上辣子，以炒瓢烧油一泼，油烫得辣子骤响，香气弥屋。食欲顿振，我会猛咥一碗至两碗。

永寿的集市有卖槐花蜂蜜的，也有卖冷冻的槐花，以供麦饭之炊的。我便买了两袋槐花，打算返家蒸其麦饭，以回味在永寿勾起的小时候的生活。

原载《西安晚报》2018年5月31日

秦地古镇

尧头镇

尧头镇在渭河北岸，处于陕西澄城的辖区。

早晨的阳光倾泻而下，朋友指着苍茫的大地说：“遗址遍野啊！沟壑之中还有老窑30余座，分别属于元明清三朝及民国的。”

旋目四望，只见黄土深厚，梁横峁立，偶尔有一垄或一片绿色闪现在一个平面上，不知道是小麦还是蔬菜。凡斜坡，多是瓷片和炭渣所壅，那30余座老窑大约就散落在交错起伏的沟底壑间吧！

尧头镇以烧制陶瓷而立，它的中心在尧头村。这一带富含煤，更是富含高岭土，高岭土具可塑性和耐火性，遂久有陶瓷作坊。是否汉就开始制陶了，难考，不过唐起烧瓷是可能的。尧头窑遗址位于尧头村以西，其文化层平均五至六米，有几处瓷片的堆积高达二十余米。资料显示，这里的黑瓷兴于宋，而黑瓷之盛则在元明清。民国也烧制黑瓷，唯以工业渐旺而骤然趋衰。

朋友带我进入一座几近完整的老窑，见炉壁椭圆，红锈斑斑。虽然“宋时烈火清时焰”已经熄灭，不过在我的想象中，它的温度仍在上升。我还随朋友浏览了一座残毁的老窑，元的，瓷片发白，随意陈列。

围绕着尧头窑聚族为村，随之又有了一家接一家的祠堂，并建成东岳庙、西岳庙、龙王庙、观音庙和华佗庙。烧制很难，黑瓷几乎是十窑九不成，遂要到窑神庙去虔诚地礼拜，以求保佑。窑神庙香火甚盛，过去如此，今天有作坊的人仍会在此礼拜！

尧头窑非官窑，其产品包括缸、盆、罐、瓶、碗、盏、托，无不紧系民生。我在一个作坊看到了正用双手盘杯的师傅，朋友说："他是尧头镇非物质文化遗产的传承人，他儿子也是一位传承人。"我买了一把茶壶，两只杯子，算是一个致敬吧！

2018年4月26日，三亚

云盖寺镇

云盖寺镇曾经只有一条街，居民夹杂陕西籍、湖北籍和河南籍，也许还有四川籍，都是贸易的结果。多年以后，大兴土木，又筑了一条街。新街为后街，老街便是前街了。

环街一河而万山，青峰竞耸，翠壑深藏。异地来人，不管是城里的还是乡间的，无不慨叹云闲水清。屋装板门，更设阁楼，遂想宿一晚两晚，以获难得的体验。

云盖寺镇在秦岭以南，为陕西镇安所治。这条路应该是猎人发现的，之后由商人踩出。它是商道，也是官道，遂作驿站。从长安至巴蜀，至河南，至湖北，或至陕西安康，都可以走这条路。明清以来，这里是各地土产与奇货的供销地和集散地，生意颇为兴旺。不过凡事有盛有衰，其盛随机，其衰逢时，非人所能求也！

贾岛有诗曰："一山未了一山迎，百里都无半里平。宜是老禅遥指处，只堪图画不堪行。"不知道贾岛从何处来，向何处去？是否在云盖寺住过？

唐代僧人妙达在这一带的茂林之中建庙修行。此举不奇，奇的是建庙过程，有云汇集过来，庇覆如伞，遮掩如帐，数年不散。庙成，遂呼其为云盖寺，而云盖寺镇则以此得名。

2018年4月17日受命到云盖寺镇来调查，以了解当地对此文化遗产在保护和利用方面有何经验。随镇长临河望山，走后街，走前街，看戏楼，看财神庙，进院入舍，见老幼自在自乐，不胜欣喜！

2018年4月27日，三亚

蜀河镇

在汉江支持航运的那些年，蜀河与汉江交汇之处便渐成一个码头。其久矣，足有千年矣！

这里的居民自古对赚钱置业很淡然，不过好吃，大享其口福。洪水不时泛滥，死是经常的，遂十分豁达，也反能长寿。

蜀河镇完全是此码头孕育的，明清以来甚为繁荣。

清真寺是一个16世纪的建筑，依岩而作，老树犹茂。穿过弯曲的小巷，我找到了这个清真寺。看起来它得到了周密的保护，凡梁、柱、门、窗及砖瓦，都保持原形和本色。它显然也一直在使用之中，教民无日不来此礼拜。

黄州馆始作于18世纪，是黄州商户的聚会之所。建筑左右对称，设拜殿、正殿，还造了戏楼，颇具宫室的格局。凡重檐翘角，浮雕彩绘，皆呈楚之风韵。它的色彩也很艳丽。我在墙角觅得一通石刻，碑文显示，当时捐资的商户近乎二百，足见声势之壮。

杨泗庙应该也是18世纪的建筑。沿着石砌的台阶一步一步走上来，逍遥环顾，深感有妙。庭院敞朗，云浮于天。杨泗神化了，以其斩蛟龙、平水患，大有英雄气概，遂为长江中下游一带众生所信仰。明清两朝，随着湖广人的迁徙，杨泗的奇功向四方传播，从而也在蜀河镇掀起了对他的崇拜。杨泗庙为船帮所营，大小艄公在此求他的保佑，也在此议事、息讼和娱乐。这里青石铺地，白石为栏，自有其豪华。办会、演剧，场子容纳千人是不成问题的。

蜀河镇人的房子多建在清真寺、黄州馆和杨泗庙之间。民居高高低低，也许本就是围绕着这三个建筑而展开的吧！曲曲折折的小巷勾连着千门万户，可惜门户多是关闭的，我不得入内。锁是生锈的铁锁，墙是灰皮脱落的砖墙。有一条路，幽暗起伏，全由石头所垒，既有沁色，又有包浆，坑坑洼洼，光光滑滑，是骡马踏成的，人谓“骡马道”。骡马道出城堡西门，顺水沿山，悠然而去。一位蜀河镇的文史专家说：“到哪里去呢？到关中去，到长安去，再到山西去。南北土物和作坊产品，通过骡马道得以互通！”

蜀河镇为陕西旬阳所管。它总体坐落在一面缓缓的斜坡上，所临是汉江，所瞰是蜀河。杨泗庙的位置尤其特殊，竟依偎着一个爬满青藤的峭壁，其门正对着汉江与蜀河交汇所激起的一层白浪。不过蜀河镇的地理大势是北倚秦岭，南傍巴山，从而既封闭，又神秘。

原载《光明日报》2018年7月20日

母亲的意象

我的母亲是俊秀的，白皙的；是进取的，劳苦的；是忍让的，慷慨的；是敏捷的，坚毅的；是喜悦的，仁慈的。

不过她也在春秋交替之间不知不觉地把对襟衣服换成了斜襟衣服，衣服上的花也没有了。渐渐地，她皱纹萌额，白发染鬓。终于疾病降临，更是残酷地扭曲她的肢体，扰乱她的语言。

一

我爱我的母亲。

小时候我就懂得保护母亲，也许我可以对母亲发火，然而我不允许任何人欺负我的母亲。

六七岁那年吧，我的叔叔蓦地寻隙挑衅，惹得邻居围观。他站在厨房的檐下，赖我母亲弄脏了井水，母亲便据理反驳。他恼羞成怒，竟抬脚踢我母亲。虽然足尖落空，但他的行为却震荡着我的整个身心。当时我站在母亲背后偏右的地方，这一幕完全看到了。我感觉自己仿佛一头小小的雄狮，泪水盈眶，紧盯着叔叔的手，所有的血液都推动着我，使我扑过去，咬断他的指头。发现我已经变形，他猝然收声敛焰，显然是害怕了。这天以后，叔叔再也不敢冒犯我的母亲了，他对我也辄示喜欢，并日益器重。

十二三岁那年，生产队近百社员在场里碾麦，真是热火朝天，可惜场长派烂活给我母亲干。我恨之入骨，遂堵住他，站在他面前指摘，叱骂。场长拿着木杈检查麦秸的厚薄，这儿抖一抖，那儿翻一翻，到处走动。他转到什么地方，我就跟到什么地方，总是站在他面前叱骂他，指摘他。我像一头小小的公牛似的，摇头甩尾，逼得场长发蔫。多年以后，有老师问我："你就不怕场长戳你一木杈。"我说："没有想！"

十五六岁那年，父亲和母亲有了芥蒂，经常争吵。父亲在工厂上班，虽然赚钱，不过我坚定地站在母亲一边，斟酌着如果他们离婚，我就随母亲。有一次，一言不合，父亲跟母亲就又闹开了。我放下作业，批评了父亲一顿，结论是："我母亲逝世了，我要给她立一个碑子，不给你立。"父亲颇为尴尬，也很是无奈，遂佯装大度地说："儿子爱他母亲是正常的。你这样，我也放心了。"

二

母亲更爱我。

小学就在村子里，生产队的孩子念书，几乎都是自己去，很少有家长送的。但我念书的第一天，上课的第一天，母亲却送我出门，出朱家巷，陪我走了半个村子，直到看见小学的屋舍，才让我自己去。母亲送我念书，此举固然平凡，不过我似乎获得了追求知识的永恒动力，想起来也十分温暖。

20世纪70年代，冬天甚冷，我的同学多冻伤了耳朵、手、脚和脸。然而我有母亲做的两件棉衣、两条棉裤、两双棉鞋，轮换着穿，并戴着可以保护耳朵的棉帽，戴着手套，从而避免了冻伤。

中学在韩家湾村，一天跑两趟或三趟，时间不确定，不过冬天总是有热饭。实际上锅早就凉了，是母亲隔一会儿就点火烧一次，才保证我放学回家，扔下书包，能吃热饭。

父亲从工厂带了一顶军帽给我，我兴奋至极，急于戴上它炫耀，可惜军帽大一圈，在头上晃来晃去的。母亲便改它，连夜垫一圈草绿色布以缩小。线细针密，毫无痕迹。不幸的是，看露天电影，甫感头上触动，军帽就飞了。我左顾右盼，见所有的五官都颇为平静，根本不知道谁是贼!

考大学，我一败二败，不过也越考越勇，志在必得。母亲支持我，除了不让家务使我分心以外，她还给了我辄有变化的一日三餐。我往韦曲的长安二中去补习，有时候会碰到她在田野锄草。她看我一眼，算是目送。她收回眼睛，埋头继续劳动。踏着乡间的小路，想象着大学之门，我信心更足。她以我托，每天早晨在窗口喊我起床。复习真是累极了，要不是母亲喊我，也许我每天都会从早晨睡到中午。

大学三年级，我身体不适，休学回家，以中药调理。母亲替我煎药，早晨半碗，晚上半碗。她是在下工以后，吃了饭，收拾了厨房，才至院子的一个墙角煎药。秋深霜重，夜气拂面。她一把一把地烧着麦秸，以保持平稳的文火。母亲垂着头，不过文火的闪烁还是照亮了她的疲惫和忧伤。此情此景，烙印在我的心上，到现在还有抓挠之感。

入职了，结婚了，本当自立，遗憾我仍为母亲添了麻烦。有一年，我不得不应付一场灾难，遂把不足两岁的女儿送母亲带。少陵原上浩瀚的秋风和凛冽的冬雪之中，满是她的愁绪，她一边经管着儿子的女儿，一边恐慌儿子的命运。

一天早晨，母亲正在下米熬粥，猝闻女儿尖叫。她猛然转身，只见女儿在案板上摸什么，竟把一杯开水灌进了棉衣的袖筒，灼得当然尖叫。母亲吓坏了，匆匆剪开袖筒，然而她不在村子找医生处理。她抱着我女儿，抄小路，走十数里，再乘车进城，把孩子送我，以求所谓高明的治疗。母亲的棉衣湿透了，背上热气直冒。她也很是内疚，怪自己疏忽，几乎要哭。

三十一岁是我坎坷以后新的跋涉的发轫，不胜艰辛和孤愤，遂不能从容回家。尽管西安和少陵原也不过相距30里，然而我未必会保证每月探望一次父亲和母亲。那时候，我已经零落成泥，资产为负了。命运坠入低谷，就得为翻身而战。不但不能经常回家，也不能经常报讯。

母亲不放心，便进城看我。我不清楚她是如何辗转乘车的，总之，她像一片白云一样忽然就出现在我的门口。又激动，又难过，几乎使我落泪。那时候还没有家装电话，更没有个人手机，不能预约以等她。有几次她到了小区，偏巧我不在，她便安安静静地坐在门外的楼梯上。获悉母亲在门外等待，我迅速回家，看到我，她的眉梢溢满了笑。她不知道我的感动和难过，不知道我想落泪。

父亲患脑出血后遗症，母亲患脑血栓后遗症，手脚都不灵便，遂硬撑着生活。我也明白他们需要一个保姆，唯经济拮据，是心有余而力不足。不忍，我也无法。一旦我缓过来，便立即雇了一个保姆。可惜一月之后，不告诉我，母亲就把保姆辞退了。我以为这个保姆不妥，又雇了一个。然而一月做满，她又辞退了。我打电话问：“咋辞退保姆呢？是不是嫌花钱呢？”母亲慢慢地说：“娃呀，雇保姆，你是为了我。我用保姆，你就把我害了。”“为什么？”“生活能行么，用保姆干什么？不行了，再雇保姆吧！在村子里生活，不兴用保姆啊！”实际上母亲仍是觉得我经济紧张，不舍得让我雇保姆。

2014年秋冬之际，是我父亲逝世三年以后了，有一天，我和母亲聊天，无非是评姨姨，论姑姑，让母亲高兴而已。俄顷，她在房子悠悠地转了一圈，似乎若有所思，渐渐抬起头，郑重地对我说：“娃呀，我要是不行咧，我就想走快一点！”我的心顿然沉了一下，没有应接，旋即岔开了。

母亲是神的女儿，尽悉自己的生命属于神，应该不会胡思乱想。我父亲临终之前，完全卧床，这是母亲看到了的。我以为，母亲所谓的想走快一点，当是指不要完全卧床的结局，也有不希望再加重我负担的考虑。我了解母亲，她非常自尊，即使万难也要自力，即使儿子反哺，她也存打扰儿子的歉意。

三

在人民公社的那些岁月，母亲是我家唯一的劳力。从1957年至1968年，她先后生有四个孩子，姐姐，我，妹妹，弟弟，都需要她抚养。我的祖父和祖母，已经不能在田间耕耘了，也需她照顾。关键是七个人的口粮，要靠母亲所挣的工分而取得。为了工分，她竭尽了所能。

父亲也是生活所赖的半壁江山，其以人民币供给我家所资。不过生产队有自己的规则，它以劳力及其所挣的工分断其所获。我父亲不算劳力，于是居住在少陵原的这七个人的生活，就主要靠母亲了。

只要闭上眼睛，我便看到母亲忙碌的样子。春天她扛着镢头打胡基，修梯田，没有一晌不是一副受饿之态。夏天割麦，没有一晌不是累得虚脱的神色。秋天她握锨浇地，抡镐砍苞谷，挖红苕，没有一晌不是服役之状。冬天拉着架子车施肥，没有一晌不是汗水潜淋，棉衣从里向外蒸发其汗的。

几乎是每天，母亲下工会小跑回家，利索地择菜、擀面或做别的饭。她一勺一勺舀到碗里，一碗一碗地端给老老少少。终于姐姐长大了，我也长大了，可以给祖父祖母端饭了。母亲最后一个吃饭，接着洗碗洗锅。天黑了，星辰如洗，母亲坐在炕沿穿针引线，为公婆、子女和我的舅爷舅奶缝棉衣，缝棉裤，纳鞋底，纳袜底，不知道月驰中空，夜逼未央。晚上如厕，从偏厦出来，我总是看到母亲的影子映在正房东屋的窗纸上。

给我祖父祖母四季浣涤，顿顿馍面，这也罢了。难能可贵的是，祖父逝世以后，祖母半身不遂，她毅然承担了全程护理。白天所食，皆由母亲喂之，因为姐姐和我在上学，妹妹和弟弟尚幼，对母亲的夹辅只能是零星的。晚上她按时间抱起祖母，执盆溲溺。点灯、招呼、擦洗，难免会吵到我，在半睡半醒之中，我倍感母亲之累。每天晚上，她有两次助我祖母，从而保持了被褥干净，空气清爽，直至祖母安然殁矣。

有了农闲，母亲便往娘家去，看望自己的父亲和母亲。她做一笼花卷，再做几锣凉皮，分类放在竹篮里。她用纱布盖住，以防灰土落上。她把公婆和子女的生活安排妥当，再三嘱咐，便踏着乡间的小路，匆匆而去。她给我的舅爷舅奶整理房间，拆了被子，去污，晾干，再捶展，再缝了被子，拭窗撢壁，淘米炒菜，做了所有当做的活，又匆匆而返。母亲为大，她的三个弟弟，两个妹妹，无不由衷敬重她。她晚上很少在娘家待，因为公婆和子女不可须臾离开她。

母亲至娘家，我总是若有所失。黄昏披垂，我便在村口向乡间的小路远眺，希望迎接她，可惜她迟迟不归。终于月悬秦岭，星辰灿烂，母亲像一个飘移的点似的在白杨萧萧的小路上出现了。

小时候，姐姐、我、妹妹、弟弟，跟母亲在一起生活，因为父亲只有星期三才回少陵原。懵懵懂懂，打打闹闹，一个接一个地长大了。姐姐在人民公社的商店工作数年，便如期出嫁。1979年，我进了大学。妹妹机会难得，接班到了父亲的工厂。弟弟情绪起伏，无所适从，遂成我家之惑。1996年，我经大夫分析才弄懂，此乃疾病之端。

大约这个阶段，淡雅的梅花或菊花就从母亲的衣服上消失了。她开始改穿蓝的灰的一类单色衣服。她明朗的容光之中，也加入了忧郁的元素。然而母亲仍是刚强的，仍是非常能干的。

在我生于斯长于斯的朱家巷，在我少年隶属的生产队，谁有我母亲能干呢？

我家的自留地，不管是小麦还是谷子，母亲可以种得没有一棵草，疏密适度，整齐茁壮。凡是经过我家自留地的长者，多会驻足欣赏，连连赞叹。

过年以前，母亲会使我家庭院的里外和前后焕然一新。她把笤帚绑在一根长长的竹竿上，够着打扫房梁上、天花板上及房间里所有的尘埃，之后化白土于水盆里，一刷一刷地漫墙。所有的被子，她要洗一遍。她把被子搭在两树之间的绳子上，一经冬日阳光的照晒，盖起来真是又暖又香。她撕下旧窗纸，糊上新窗纸，并要对称地贴上窗花。

母亲还有杰出的表现，一般妇女是不具备的。房顶上生长青苔和瓦松很正常，不过繁茂了便要阻水，导致屋子漏雨，是应该拔掉的。母亲就借了梯子，从墙头爬至房顶，自高而低，仔细撅草，并统统清扫一遍。看到别的小孩吃槐花麦饭，嘴馋也要吃，然而我家老的老，少的少，谁能钩槐花呢？母亲便爬上槐树，坐在树杈之间，钩下枝干，之后溜下槐树，捋了槐花，濯净拌面，以蒸麦饭。当时母亲不到35岁，显然就是一个英雄。

四

酸楚起于父亲的疾病，随之是我的灾难及离婚，接着是我弟弟被诊断为精神分裂症。接二连三的变故，沉重地摧残了母亲。她白发剧增，皱纹加深。然而生活是要继续的，天也不会绝路。

母亲左右求索，得到了神的启示，遂能凭着信仰行世。我以为她六十岁以后的幸福，主要源于此。父亲留下了脑出血后遗症，只能由母亲照料。虽然是不虞之祸，她也心平气和。给弟弟积极治疗，也应该是有希望的。1995年我又结婚了，它显然也是对弥漫在少陵原的一种悲哀气氛的反击与否定。妻子真爱婆婆，婆婆真爱妻子。我觉得惬快，视我命运的吉庆是给母亲的安慰。

此间，母亲有几次进城看我。我自幼喜欢吃她做的凉皮，母亲遂带凉皮来，并用瓶瓶罐罐装着自己炝的豆芽及其他作料。在享受凉皮之际，我会问村子里的情况，随之慢慢转向问父亲，问弟弟，给母亲以鼓舞。见我平安，妻子平安，女儿也乖，她便轻松地说："娃呀，你们都好，我就放心了。"便返少陵原，以照管我的父亲。

多年以后，只要想到母亲进城看我，我就为自己的一个疏忽深为遗憾，顿生隐痛。每次见母亲，不管在哪里，我都会给母亲一些零花钱。然而母亲进城看我，我竟有一次或两次忘了给母亲零花钱，让她空手归去。固然父亲有工资，固然母亲并未提出缺钱，不过，如果母亲钱不宽展，需要儿子的钱予以补贴日用呢？多年以后，当我意识到这样一个问题，我就为让母亲空手归去而悔恨得想哭，我就想抽自己的耳光。

我对生活的重整，尤其以拼命翻身，多少让母亲释怀且高兴。她不能放心的是弟弟。春夏之交，弟弟不禁会有狂暴的举动。住院治疗，有药控制，遂还平静。出院回家，他服着服着便中断了药，于是狂暴就又爆发了。反复如此，母亲不得不携父亲离开少陵原，寓居于樊川或韦曲一带。母亲说：“把他交给神吧！”见我沉郁，她就说：“娃呀，不发愁，天哪里黑，在哪里歇！”

五

在我父亲得脑出血后遗症九年以后，2000年的冬天，我接到一个电话称母亲感冒了。不可能！我想，一定是严重的疾病。

我火速奔赴少陵原，只见她躺在床上，已经处于昏迷状态。急忙住院，诊断为脑血栓。几天之后，恢复清醒。三月之后，可以出院了，然而右腿和右手都不灵便，语言也疙疙瘩瘩的。不过她坚持祷告，笑迎日出和日落。

我不如母亲，暗忖我家沉疴三人，难免忧闷。那些年，我经常从梦中猝然惊醒，旋坐床上，一再想我弟弟吃什么饭，我父亲和母亲会不会摔倒，遂再也不能入眠。

母亲的伟大，是她能顺应惨绝的遭遇，不抱怨，不叹息，并能把一种内在的明亮和温暖投射到外在的形容上和声音里。她确实是黑暗世间难能可贵的一盏灯！

右腿坏了，不过步行是可以的，她就一高一低地赴市场买菜。右手坏了，她便用左手擀面、烙馍、洗衣服。她拿布条缠住刀片的一半，左手握之，以刀片的另一半切土豆、切萝卜、切白菜、切豆腐、切黄瓜、切肉。她用左手持铲炒菜，并用左手掌勺盛到碗里。

父亲仍由她照拂，屋子照旧干干净净，井井有条，甚至每一个用过的塑料袋也会绾结成团，放在一个纸盒里，以方便再用。

大约就是这些日子，我的逆境得以改变，遂给母亲雇了保姆。然而她一再辞退，认为自己能行。2010年秋天，父亲再犯脑出血，乃至瘫痪，侍护起来甚为艰巨，她才同意我请保姆。

算一算，我母亲共照顾父亲二十年，其中她以脑血栓后遗症之躯，照顾我父亲十一年。2011年5月1日，我的父亲逝世了。

办完父亲的丧事，母亲便独立生活。此前，我已经接母亲进城了。她和我共住西安明德门小区，我妻子给她买菜，我也可以随时看她。我数征意见，要雇保姆给她，她无不干脆地说：“不要！娃呀，我能行么。”见我默然，她补充说：“我不行了，你就雇。”我依了母亲，她便一副快乐的样子。

我父亲逝世三年以后，母亲衰颓明显。她移趾拖沓，扬眉拙滞，常常有所疑虑。母亲虽然没有多少学历，不过她是睿智的，通明的，生命感觉颇为敏锐。

在这一年，她有两次郑重交代，我以为它就是遗嘱了。秋冬之际的一个黄昏，她对我说：“娃呀，我要是不行咧，我就想走快一点！”

为了安全和容易操作，我买了电磁炉，以让母亲做饭烧水。烧水的壶，有一个弧形的柄，因为她左手之力有限，只能垂提，不能平端。她先提壶接水，再提壶放到电磁炉上，再提壶灌进保温瓶里。数年如此，并无大碍。不过有一天她笑着对我说：“不行咧，不行咧！一壶水提不起了。”

母亲的坦诚让我起敬，也让我伤感。母亲承认她不行了，就实实在在是不行了。我宽慰她说："放心吧！现在给你请保姆。"她说："请保姆吧！"

母亲在八十一岁的时候，以其之老，以其之恙，终于不能自己做饭烧水了。对此变故，我当谨记。

我便四处奔走，给母亲雇保姆。此事既是轻车熟路，又是无从把握的。中国的保姆让人生畏，令人失望。你可以交心，你难以得心。保姆是赚钱来的，这无大错，不过保姆来赚钱，是否会敬业，是否凭良知？总之，换了一个，又请一个，循环往复，计有五次。

六

2015年1月16日早晨，刚刚起床，我便接到保姆的电话，告我母亲情况有异。我一边打120，一边跑。三五分钟我便见到母亲，不过她已经昏迷。急救车随之而至，径送医学院。诊断为脑出血，便直入重症监护室。

经过四十三天的治疗，一切都正常了，不过脑出血后遗症严重至极：除了思维尚有，母亲彻底瘫痪，包括彻底失语。

大夫让母亲回家康复，我怕难保平安，便托朋友，让母亲进了另一个医院，在所谓的干部病房过年，过十五。一切都稳定了，我才接母亲回家。

母亲躺在床上，头不能在枕上转，脚不能在空中抬，十指也没有一个可以动。母亲几乎变形了，生命仿佛演化成了一棵植物。

然而任何珍贵的植物也不会有灵魂寓于生命之中。

我的母亲是有灵魂的。她紧闭嘴唇，凄迷满目。我想，她一定是觉得自己成了一个拖累吧！母亲是要强的，她不愿意这样。

我对妻子说："不管怎么样，我还有母亲。即使她不会答应，我也可以叫妈。如果母亲走了，就永远没有人可以让我叫妈了。"

为了振作和激发母亲，我说："妈，现在要训练说话呢。你跟我读。"我便发音：一，二，三，四，五，六，七。母亲也随我发音：一，二，三，四，五，六，七。她舌头僵硬，发音含糊。

我非常清楚，已经无法让母亲恢复说话的功能了，然而我想让母亲意识到我爱她，我需要她。我想让母亲明白，即使她躺在白色的护理床上，一动也不会动，她也仍有一个母亲的价值和尊严。

母亲很是幸运，临终之前的数月，竟碰到了一个天使般的保姆。母亲及母亲的房间一直是清洁的，连一个从新西兰来的护理专家也为之称赞。我以为此乃母亲的善报，是神的恩赐。

妻子、我姐姐和我妹妹，交替着跟母亲说话，保姆也跟母亲说话，目的是促进交流，可惜她不应答，不理睬。她面向天花板，望着虚无，没有任何表情。

我必须唤醒母亲对生活的关注和热情，否则她的虚弱会加速的。我搬来一个方凳，挨近母亲坐下，讲我小时候所经历的她的故事。我讲她掐生产队的苜蓿，讲她用架子车拉小麦磨面，讲她买猪、养猪和卖猪，讲她肩上搭着毛巾，一边擦汗，一边拌搅团，讲她腊月的黄昏在荒地里碰到了一匹狼，讲她把我绑在后院的槐树上打我，教训我。

我唯一不能告诉她的是，我可怜的弟弟已经不在了。

母亲嘴唇嚅动，咽喉里也有了声响，显然百感交集，要表达什么意思。可惜她主侧大脑半球受损，完全失语了，遂在脸上涌满了哀戚。

保姆夸我，我妻子扫视一周，对我点了点头，我姐姐和我妹妹颇为嫉妒地站起来，拉了拉母亲的枕巾，又抚了抚床单的皱痕。

母亲躺在床上生活着，我不知道她是否懂得春去矣，秋也去矣！

七

2016年11月8日上午，我母亲走了。

原载《北京文学》2018年9期

选载《新华文摘》2019年2期

读书与人生

历史上也有读书无用的观点，甚至梁元帝见西魏王攻破其江陵，竟吩咐臣子烧了十四万卷典籍，原因是读书导致亡国。他说："读书万卷，犹有今日，故焚之。"

实际上读书不仅支持人生，而且使人生豪华和绚烂。

读书可以改变命运。朱买臣是西汉会稽郡吴县的一个农民，穷得只能通过砍柴换粮糊口。他砍柴，妻子也得砍柴，否则换不了多少粮。即使如此，朱买臣也坚信读书会让他富贵，所以他一边砍柴，一边背诵诗文。岂料妻子难以忍受，尤其反感他砍柴的时候还念念有词："路漫漫其修远兮，吾将上下而求索。”妻子羞愧，便离婚了。不过经同乡严助推荐，朱买臣见到了汉武帝。汉武帝十分欣赏朱买臣的文史知识，遂拜其为中大夫，最终位列九卿。胡适从安徽绩溪私塾开始读书，一直到美国康奈尔大学和哥伦比亚大学读书，竟为一代思想家和文学家。路遥出身贫寒，不得不过继于伯父之家，但他却因为读书而当了作家，誉满天下。

陶渊明和杜甫皆是饱学之士，可惜生前并不显要。然而如果没有努力读书，他们也难以成为伟大的诗人，并赢得死后之荣。

读书可以增长济世之才。有的人似乎不存在改变命运的问题，因为他就生于皇家，或是生于诗礼簪缨之族。然而这种人也需要读书，否则不能得到安邦治国的经验或启示。唐太宗自小接受儒家教育，遂能既往不咎，用人之长，并薄赋尚俭，发展生产，更能巧妙用兵，使四方宾服，从而通过丝绸之路繁荣贸易。唐太宗的诗雄壮瑰丽，其书法也骨力深厚，颇有格调。他还留下著作一部，以教其子。伊丽莎白二世女王是唯一一个到中国来的英国君主，她的气魄和风度尽在行止之中。对于她，虽然历练是关键的，不过若缺乏读书，再有历练也难现她的那种老辣和庄重。这个人少学历史，懂数国语言，也深谙神学，并笃信宗教，显然是读书滋润了她的精神。

读书可以开阔文化视野。一个人不求进膺也行，不慕世家也行，因为修道，甘于平淡，也自有价值。然而扩大见识，以通天下之俗，总是好的吧！我注意到有人在法国小镇观光，竟私入庄园，喧哗拍摄，甚至抵窗窥视，遂遭宅主驱逐。呜呼，若能多读书，不以自己的乡俗为天下之俗，何至于此！

读书可以懂得知足。争名于昼，争利于暮，人之欲望也，非圣贤而难以拒绝。当然，没有名利，赤裸裸，光秃秃的，似乎人生也很乏味。徼取名利，也有一个度。智慧的人，不但会掌握其度，而且明于节制。疏广和其侄子疏受，学问奥博，深受汉宣帝欣赏，都当了太子的师傅。在朝廷数年，他们做官皆做到了两千石，真是宦成而禄丰。疏广不但善思辨，而且也善辞令。当是时也，疏广便对侄子说："如此不去，惧有后悔。"疏广显然懂得老子的教导：

“祸莫大于不知足！”所以他才提醒侄子：“知足不辱，知止不殆。”疏广返乡兰陵，几乎每天请族人故人共飨皇帝之赐。其不是圣贤，也近乎圣贤了。观察历史上一些由于贪婪而前功尽弃，又遗臭子孙的人，岂不痛哉！

读书可以得到知心朋友，而且永远不会遭其背叛。有了光美之事，谁知道都行，自己也愿意传扬于世。不过难言之痛，难言之屈，难言之耻，不可相告的图谋，不可透露的秘密，不可名状的感觉，不可启齿的疑惑，也许唯有通过读书才能解决。若要这样一个朋友，不读书不能得到。

读书可以养颜。读书三十年，脸上将现雅气，朗气，春山秋水之气。我特别建议，女士不妨试一试。

原载《陕西日报》2018年10月25日

登长陵

长陵是汉高祖刘邦墓，公元前195年，他逝世了，便葬于斯。

秋天的时候，我随王海至长陵。已经跟他走了几个地方，五体略倦，不过到了这里，还是想登长陵看一看的。

长陵形如覆斗，经过两千余年的风雨剥蚀，其高仍有33米，望之巍然。刘邦墓的所在，是咸阳宫遗址。我坚持认为，作长陵于斯，是经过研究的，属于以汉压秦。营五陵于咸阳北坂，都是以汉压秦，防止秦的复辟。

附近的窑店镇三义村，看起来像明清以来的聚落。此村之人不是汉的遗民，更不是秦的遗民。然而这一带北有九嵕山，南有渭水，隆起如台，开阔乃旷，显然属于宝地。秦立都于此，汉营五陵于此，尽懂这里是宝地。

沿着曲径爬至高祖陵顶上，顿生凌空之感。夕阳雾罩，不易通视，然而望得见吕后陵。高祖陵与吕后陵相隔200余米，是一种同茔而不同穴的格局。虽然同茔，也尽管只有不足半里的距离，而且东西并排，我仍感到吕后陵的孤独。其雾发白，吕后陵仿佛沉于水中。我想，站在吕后陵顶上望高祖陵，高祖陵也是一种孤独的样子吧！

高祖陵与吕后陵周边都种满了松柏。五陵原广植乔木，尤以松柏为主。松柏成林，郁郁葱葱。松柏也连接了高祖陵和吕后陵。松柏茂密，赋予秋天的大地以青润的生气。松柏之间，也有鸟的栖居和兔子一类动物的穴居吧！

1992年冬日的一个黄昏，我乘59路汽车，从西安至咸阳，再乘咸阳辖区的汽车至窑店镇。天已经黑了，街巷里的孩子都偎着长者窥视我。我计划夜登长陵，遂雇了一辆蹦蹦车，让司机送我到长陵。司机随我于斯，但不愿意夜登。我便提了一根棍子，一个人攀长陵。1992年，我一一考察了五陵原及渭水北岸的大冢。那时都是白天穿行高坟的，难免单调。夜登长陵，欲在摄取异于白天的一种感受。走过小路，脚踩长陵的曲径，似乎还微微发怵，然而一旦爬至长陵顶上，见众星列于天，万物踞于地，四方皆空，便畏怯俱净。我在长陵顶上左右徘徊，有一种胆正神勇的得意。居高临下，唯风寒冷。

当年的作品有这样的视听：

在那个冬日之夜，长陵周围的土地，白水汪汪，红光点点，农民为了小麦的丰收夜以继日地浇灌。朦胧的夜色之中，他们的身影缥缈而动，四周一片寂静。

二十五年过去了，世界大变，中国人的生存方式和生活方式也在大变。长陵所在的田野，已经不种小麦了。松柏遍畴，当是报喜吧！

“那是渭水！”王海向南一指说。

我对渭水点了点头！

原载《西安晚报》2018年11月8日

丝绸之路上的贸易、文化和诗

从长安出发，逾帕米尔高原，经地中海，至大秦，今之罗马的贸易通道，世称丝绸之路。

丝绸之路上有贸易，也有文化和诗。

首闯丝绸之路的是张骞，两千多年前，中国汉朝的一位使者。他率团队从长安出发，带着大量的丝绸和黄金。他到了中亚的乌孙，向乌孙王送上了中国的礼物。乌孙王也向中国回赠乌孙马，让张骞带给汉武帝。

这一年是公元前119年。

贸　易

丝绸之路不仅推动了亚洲各地之间的贸易，也推动了亚洲与欧洲之间的贸易。各国的植物、动物、手工业品、技术和奇珍异宝，都得到了流通。

通过丝绸之路，在农作物方面，中国向世界输出了谷子、高粱、水稻、生姜、桃、梨等；在中草药方面，中国向世界输出了桂皮、姜黄、樟脑、大黄、麝香等；在手工业品方面，中国向世界输出了丝绸、漆器、瓷器、铁器、铜镜、锅、钳子、火镰等；在技术方面，中国向世界输出了缫丝技术和造纸术。

中国商品及技术的输出，并非一国可以完成。它往往是一程转一程输出的。中国的造纸术，就是先传到了阿拉伯，再传到欧洲的。

西亚濒临地中海，这种地理优势，决定了它在丝绸之路的贸易上具有非常独特的地位。显然，西亚是这种贸易的集散地和中转地。

通过丝绸之路，世界也向中国输入了大量的商品和技术。在农作物方面有：葡萄、苜蓿、石榴、核桃、黄瓜、芝麻等；在草药方面有：乳香、没药、木香、苏合油等；在动物方面有：乌孙马、大宛马及西亚的鸵鸟和狮子；在食品方面有：毕罗、胡饼、三勒浆等；在奇珍异宝方面有：珊瑚、琥珀、火浣布、切玉刀、玛瑙床等；在技术方面有：甘蔗榨汁术、凉殿术等。

这些商品和技术的输入，有的是通过西亚进行的，有的本就属于西亚。

波斯裔法国学者阿里·玛扎海里说："丝绸之路仅仅依靠中国，而完全不依靠西方。"

丝绸之路固然是中国对全人类的一个伟大贡献，不过，如果没有丝绸之路沿线国的支持和参与，也许丝绸之路上的贸易将难有世界性。

文　化

丝绸之路既是贸易通道，也是文化通道。

中国人对文化的态度始终是博采众长，有容乃大。对从丝绸之路传播的宗教、艺术、体育运动，中国人予以欢迎并吸纳。

资料显示，从丝绸之路传到长安的宗教不仅有佛教，还有祆教、景教、摩尼教和伊斯兰教。

佛教在长安完成了它的中国化，其六个祖庭现在还在长安的山水之间。当时的长安有祆祠数所，以供祆教徒活动。长安的景教发展很快，有一通大秦景教流行中国碑，用中文和古叙利亚文记录了当时景教在中国传播的盛况。长安也有大云光明寺，摩尼教徒活动于此。西安的清真大寺庄严肃穆，伊斯兰教徒自唐至今，一直在此礼拜。

各宗教在长安的共存，证明了中国文化的开放。这些经验也当是文化自信的基础。

文化在中国的传播，有各个方面的表现。

在美术上，佛教石窟从新疆喀什，到甘肃莫高窟，到陕西大佛寺，到山西云冈，到河北响堂山，到河南龙门，到山东千佛山，到江苏栖霞山，无不在造型上和色彩上产生了深远的影响。作为画技的凹凸法，源自印度，在公元6

世纪也传到了中国。至公元8世纪，吴道子掌握了凹凸法，遂使他的壁画有风动带飘之效。

在音乐上，唐宫廷的燕乐，也包括天竺乐、西凉乐、疏勒乐、康国乐、安国乐、龟兹乐和高昌乐。丝绸之路沿线国的一些音乐家，有几代都生活在长安。作为集体舞的踏歌，是以女子为主的最早的广场舞，也沿丝绸之路传来。还有胡腾舞，出自中亚的石国；胡旋舞，出自中亚的康国。杨贵妃的胡旋舞跳得很棒，并影响了长安的时尚。

马球是由波斯传来的一项体育运动，唐皇帝及其大臣，还有及第的进士，都喜欢打马球。

文化促进了彼此的了解，并促进了丝绸之路上的文化交流。

诗

丝绸之路过戈壁，越山川，渡大海，真是千难万险，会有诗吗？当然有。

唐在丝绸之路上设有安西都护府和北庭都护府，行使各个方面的管理。

诗人岑参在都护府担任秘书一类的工作，有诗反映这里的生活。

走马西来欲到天，辞家见月两回圆。

今夜不知何处宿，平沙万里绝人烟。

此诗表现了旅途的遥远及对故乡的思念。

火山五月行人少，看君马去疾如鸟。

都护行营太白西，角声一动胡天晓。

此诗表现了奔马之快，有一种鼓舞之意。

丝绸之路沿线国的人在长安工作，随之至长安的还有一些女子，她们往往经营酒肆。以其漂亮，这些女子得到了一个雅号：胡姬。

有不少唐诗赞颂胡姬，其中以伟大的诗人李白的作品最多，也最好。

> 琴奏龙门之绿桐，玉壶美酒清若空。
>
> 催弦拂柱与君饮，看朱成碧颜始红。
>
> 胡姬貌如花，当垆笑春风。
>
> 笑春风，舞罗衣，君今不醉将安归？

李白的诗颇具神韵地表达了胡姬之美。

重温丝绸之路上的贸易、文化和诗，实际上是重温中国和丝绸之路沿线国共有的一段历史。

这段历史并未结束。在通向未来的时候，它将以某种智慧的方式向彼此提供支持，尤其在相互了解和相互亲善方面。

也许需要文化和诗在这里发挥一定的作用。

原载《新民晚报》2018年12月4日

苏轼的面纱

凭我长期的观察，我以为，任何人都难以看清。所有人留下的印象都是瞬间的，而非终结的；是部分的，而非全体的；是表象的，而非本相的。

人之难以透彻认识，不属于人的道德问题。也许人的变幻、玄妙和藏匿，甚至人的掩饰与伪装，都是由进化造成的，当为生存的需要。

随着这样的思索，我发现一个成语，尽管古也用，今也用，似乎很精辟，实际上它也只有微小的一点道理。其曰：盖棺论定。

死仅意味一个人不能创造未来了，但他的历史却未必会随其死而不是变数。究竟谁可以盖棺论定呢?

人越是杰出，越是深刻地作用于世界，他就越复杂，越不易把握。

大约苏轼就是一个多有蕴含的人。我无意损剥苏轼的意象，也不敢，更是不能。不过他也并不是简单的一个文学家、书法家和画家，尤其不仅仅是他的诗词所折射而出的一个雄姿英发的人。当然，这得对他的天性和经历进行勘探，或是撩开他的面纱。

重臣之谋

老夫聊发少年狂，左牵黄，右擎苍，

锦帽貂裘，千骑卷平冈。

为报倾城随太守，亲射虎，看孙郎。

酒酣胸胆尚开张。鬓微霜，又何妨!

持节云中，何日遣冯唐?

会挽雕弓如满月，西北望，射天狼。

世人皆称苏轼此词由打猎伏虎，引向奔赴边疆，抗击犯宋的西夏，表现了他的一种壮志。

错了！

衮衮论者只见肌肤，不见骨髓。究竟有什么根据，可以证明苏轼是一个愿意带兵作战的人呢？

苏轼此词虚实结合，有戏谑，有抱怨，也有象征和隐喻。然而其主题是，向京师呼喊，向宋神宗呼喊：什么时候召我回到朝廷，让我肩负国家的大任呢？此词透露了苏轼非常强烈的重臣之谋。

一旦苏轼掌握了一定的决策之权，能够执政，他会有办法治理国家，包括保卫边疆。他也会发现并起用带兵作战之将。然而他不会带兵作战。

苏轼给此词镶嵌了汉文帝派冯唐往云中去恢复魏尚太守之职的故事。魏尚善斗匈奴，可惜多报首级六颗，朝廷处理了他。郎官冯唐认为魏尚甚是优秀，建议汉文帝赦免其罪。汉文帝从善如流，便遣冯唐传达委任之命。如果认为苏轼希望宋神宗像汉文帝对待魏尚一样对待他，令他在边疆工作，以示忠义，以取功勋，那就低估了苏轼的抱负和期许。

苏轼自谓老夫，是晋升之情的急迫表现。打猎这一年，他四十岁，虽然春秋鼎盛，不过日子也不能蹉跎了。他三十六岁离开京师，在杭州任通判四年，现在又任密州知州近二年了。他害怕久在地方当官，耽误了仕途。若如此，何以兴社稷、济苍生，何以辅佐宋神宗结其人心、厚其风俗、存其纪纲，从而使天下安宁与富裕。

苏轼尽管不是少年了，甚至还添了几根白发，然而他仍能拉着狗，托着鹰，骑着骏马放箭伏虎。有这样的气魄和精力，不正是可以承担要职的时候吗？

正因为苏轼的重臣之谋未能实现，遂牢骚太旺，文字冒气，遂在四十四岁为奸佞所媒孽，身陷监狱。

苏轼从开始便有重臣之谋，并为之扎实准备。欧阳修读了他的文章，顿然感叹：“吾当避此人出一头地。”宋仁宗更是欣赏苏轼，相信他将成为其子孙，包括宋英宗和宋神宗的宰相。

苏轼研究了宋政府的情况，知道国家有三患：一患财不丰，二患兵不强，三患吏不择。他也知道此乃国家软弱的关键，并思考如何改变它。苏轼不仅有重臣的向往，显然也具重臣的器识。

“会挽雕弓如满月，西北望，射天狼。”苏轼激情澎湃，声势浩荡，他的前景仿佛会如日中天。

困厄与潦倒

在御史台抓苏轼之前，苏轼已经得到了消息。宋政府的保密制度似乎充满漏洞，不过这也证明朝廷或皇家有苏轼的朋友。

苏轼十分紧张，就把湖州知州诸事交给祖无颇处理，自己空出两只手，以应对即将发生的祸患。祖无颇当时在湖州任通判，属于辖区的副主管。有了苏轼的委托，他对诸事便全盘负责了。

当宋神宗的钦差皇甫遵一行出现在衙门之际，引起了上上下下的惶恐。苏轼更是惊悚，竟若鸵鸟，不敢出头。祖无颇建议他必须见皇甫遵，苏轼才决定露面。

怎么见？以什么身份见？穿不穿朝服？苏轼也很踌躇。

祖无颇认为还是穿朝服合适，因为现在还未定罪，苏轼便换了朝服。

苏轼出了门，看到皇甫遵站在庭下，他旁边的两个役卒白巾青衣，左一旋目，右一旋目，狰狞凶狠。皇甫遵沉默不语，苏轼便致礼说："轼自来亟恼朝廷多，今日必是赐死。死固不辞，乞归与家人诀别。"皇甫遵说："不致如此。"

苏轼尽管是请求，不过我仍感受到了他的一种凛然之气，他保持了一个士的风度。可惜皇甫遵示意役卒展示了逮捕令以后，便绑了苏轼。他们如驱犬赶鸡，押解而去。

坐在船上，苏轼旋觉凄凉和孤独。遥望京师，他渐渐手足失措。不知道如何用刑，不知道要遭遇什么折磨，也许真的会赐死！

难料的审讯与结局吓坏了苏轼。船过太湖，月明星稀，他竟起意跳水。这将连累苏辙，遂摒弃了自绝之念。没有自由，没有尊严，确实煎熬，尤其考虑到可能降临的侮辱，苏轼五体发怵。船过长江，雾漫际涯，他竟又起意跳水。这显然仍将连累苏辙，就又熄灭了自绝之念。

苏轼为兄，苏辙为弟，1057年同登进士第。那年兄二十二岁，弟十九岁。兄弟怡怡，有夜雨对床之约。

御史台的监狱也并无特殊之处，只是更坚固一点而已。役卒冰冷地把苏轼推进牢房，锁门走了。审讯虽然没有用什么家伙，然而气氛森严。苏轼态度端正，承认他的诗词有对王安石变法的讽刺。

宋神宗震怒，对事态的怀疑也加重了，并要求严查。苏轼遂完全招供：承认不仅以诗词讽刺变法，而且讽刺朝廷所用多是群小，其如乌鸦。他还解释了一些隐言和暗语。他似乎彻底垮了，因为他交代了自己有问题的诗词100余首，从而带出了三十九位朋友与同僚，当然也带出了苏辙。

我不能残酷地要求苏轼是烈士，然而如此招供，也是不幸了。我也没有发现他对自己的连累而表示道歉！

唯王巩，完全无辜，以苏轼的连累而远谪宾州，他表示过歉疚。

苏轼是怎么获悉御史台盯上他的呢？是驸马王诜，苏轼趣味相投的朋友。王诜侧闻苏轼有难，赶紧让人转告苏辙，苏辙又赶紧让人转告苏轼。以苏轼案，王诜被削官除爵，苏辙被贬为监筠州盐酒税，五年不得调动和提拔。受到连累的大臣，包括张方平，被罚红铜三十斤，司马光及其他人，被罚红铜二十斤。

苏轼明白结局不会善终，遂为死做了准备。然而他才华盖世，名满天下，尤其处事无恶，于是向宋神宗陈情并拯救苏轼的人就很多，包括太皇太后曹氏及朝廷的要员和元老，还有王安石。宋神宗再三斟酌，对苏轼做了这样的处理：责授检校尚书水部员外郎，充黄州团练副使，本州安置，不得签署公事。

在黄州，苏轼曾经气贯长虹地高唱："大江东去，浪淘尽，千古风流人物。"不过也曾经苦吟："自笑平生为口忙，老来事业转荒唐。"

黄州实际上是他的放逐之地。苏轼初居贬所，有朋友看到他生活艰难，便为其请得荒废的营地数十亩。他在此建了五间房，榜曰东坡雪堂。苏轼携子锄草，翻地，拣瓦砾石子，种粮种菜。他经常汗流浃背，脸晒得黑瘦。尽管还是一个官，不过俸禄微薄。然而毕竟是官，遂尚能得到一点俸禄，可惜它竟是实物。什么实物呢？公家卖酒于民，之后退回的酒袋，他得到的是以酒袋所折合的俸禄。

物质的匮乏也还可以支撑，更痛楚的是精神。苏轼心有余悸，便杜门幽居，客至也辞。以出口落笔遭殃，就闭口休笔，以求平安。有信复朋友，总是叮咛不必示人，或嘱其阅毕烧掉。

郁闷极了，便扁舟草屦，投身山水之间，涉足樵渔之中，一再为醉汉推搡和谩骂。他觉得生人都不认识自己，故人也少有问候，几乎被社会忘了。为此，他声称自喜，实际上也是无可奈何，因为苏轼的性格不宜寂寞。他本喜欢热闹，是追求赞扬和拥戴的。

为冲破窒息，他只能窜巷入户，寻找黄州乡野之人聊天。有人能侃，有人木讷不能侃，他对没有什么趣闻的人，便鼓励其胡扯，鬼也行，怪也行。

苏轼文章彪炳，命运乖蹇。五十九岁那年，朝廷又以他所谓的制造用语涉及讥嘲，再三审理，落左承议郎，责授建昌军司马，惠州安置，不得签署公事。这仍是放逐，不过惠州比黄州的环境更差。其天气郁蒸，瘴疠起伏，显然是要摧残苏轼了。

刚到惠州，苏轼住嘉祐寺，仿佛是一个小村的荒院。锅都是以三足而立，不过苏轼的锅已经断腿，然而他仍能用它炒菜，烧汤，蒸米饭。也许是水土不服，或是饮食不适，他的痔疮反复发作，疼得如火如辣，早晚只吃几两淡面。

有僧卓契顺自宜兴至惠州看望他，并持定慧院守钦的诗。苏轼不禁感慨，便作诗和守钦，并嘱卓契顺转交守钦。但在卓契顺临行之际，苏轼却猝生畏怯，索回了自己的诗，匆匆焚了。

为住得方便，苏轼选白鹤峰起宅，打算久居惠州。他有诗曰：“日啖荔枝三百颗，不辞长作岭南人。”不过造屋花光了他所有的钱，遂日夜犯愁。

严重的是苏轼并不得安生，1097年，他顷接指示：责授琼州别驾，昌化军安置，不得签署公事。看起来，这是想让苏轼殁于海南岛了。

君命如山，苏轼只能急忙赶路。他与长子苏迈商量并安排了后事，便由幼子苏过搀扶而行。儿子哭，孙子也哭，惨若诀别。黄州诀别一次，惠州再诀别一次。惠州的诀别比黄州的诀别似乎更是吊诡，甚至更是不祥。

苏轼乘船登海南岛，进了贬所，便上书宋哲宗，哀诉自己年迈体衰而瘴疠攻击，不知道可否生还。也许会生还，只是怕不能生还，婉转地恳求允许其生还。

在儋州，苏轼租赁了官屋寄宿。其破漏，晚上下雨便反复挪腾。即使如此，大臣章惇和蔡京之流仍要催命，于是有一天，有小使找到苏轼，逼迫他离开官屋。

没有办法，苏轼遂觅得一片废地，污池之侧，桄榔林之下，筑其陋室，仍雅称桄榔庵。儋州粳米少，糯米也少，不足于食，苏轼入乡随俗，以薯芋掺米为饭。

夜深浪响，苏轼每每独坐沉思。

他经常背一个大瓢，在田野一边走，一边唱。

有一天，苏轼会朋友。回家的时候下雨了，他便戴着竹笠，穿着木屐，慢慢回家。他的样子，完全像一个农民。几个童子看到他，就跑过去尾随着，捉弄他。

六十五岁那年，宋哲宗崩，宋徽宗立，苏轼的命运才得机会改变。先是允许他返大陆，廉州安置，不得签署公事。虽然还像流放，不过他究竟可以至广州一见他的儿子和孙子。俄顷得旨，恢复他朝奉郎，提举成都玉观局，可以自由安居。他感激涕零，上书宋徽宗曰：“臣刚褊自用，可谓小忠；猖狂妄行，乃蹈大难。”

苏轼打算久住常州，但苏辙却强烈劝他落户颍昌。颍昌近京师，方便兄弟互相照顾，但苏轼却很犹豫！此间，他登金山，恰有朋友透露朝廷的形势渐现异常。其余悸骤起，坚拒迁徙颍昌。苏轼不禁戒惧，遂决定安家常州。

1101年，六十六岁，夏天，苏轼抵常州，借孙氏馆为寓。岂料长途跋涉，身困力乏，腹泻之后，又遇热毒，齿间出血不止，竟气绝而逝。

反对王安石

王安石和张方平同历宋仁宗、宋英宗和宋神宗三朝，皆为重臣，并有交集。考察其立德、立功和立言，王安石比张方平高且影响深远，不过苏轼对王安石的评价大而空洞，对张方平的评价充满称颂。此乃私情的发酵！

1086年，王安石薨，朝廷安排苏轼起草诏命，以赠其太傅的官位。苏轼评价曰：“具官王安石，少学孔孟，晚师瞿聃。罔罗六艺之遗文，断以己意；糠秕百家之陈迹，作新斯人。属熙宁之有为，冠群贤而首用。信任之笃，古今所无。”王安石的历史地位，主要由他的变法决定，然而苏轼对此不置一词。不仅如此，固然为褒奖，实际上含意平淡。

苏轼评价张方平，认为其诗词清远雄丽，其所行也能以道事君，赞其曰：“自庆历以来讫元丰四十余年，所与人主论天下事，见于章疏者多矣，或用或不用，而皆本于礼义，合于人情，是非有考于前，而成败有验于后。”喟然而叹曰：“信乎！其有似于孔北海、诸葛孔明也。”

张方平对苏洵及苏轼兄弟有知遇之恩，相反，王安石对苏洵及苏轼兄弟的文章进行过非议和否定。苏洵及苏轼兄弟对王安石以此结怨，愤恨不已。

苏轼对张方平和王安石的评价，显然注入了私情。朱熹早就发现了苏轼的偏颇，认为此评价缺乏是非标准。

苏轼不仅对王安石久有意见，而且凡事反对，不惜攻击。

当年苏轼携苏辙赴眉山葬父以后，尚未返京师，正还京师，王安石初造朝廷，见皇帝，并越次入对。当是时也，苏轼便暗斥王安石曰：“大言滔天，诡论蔑世。”

宋政府的财政收入在宋仁宗时已经很是紧张，每每入不敷出。宋英宗时毫无改善，几乎崩溃。至宋神宗时，遂任王安石为宰相，设立制置三司条例司以变法。

变法的目的在增加收入，以维持社会运转，并加强对西夏和辽的防御。显然，变法不是王安石的私计或私业，相反，它是国家意志。对此，苏轼全盘反对。反对变法的，当然还有司马光、张方平等一批大臣。

尽管苏轼在官告院负责文武大臣封赠一类的工作，然而其反对王安石不但激烈，而且无处不在。王安石觉得苏轼总是抗拒他，妨碍变法，便调其任开封府推官，盼以冗务缠绕。王安石还提醒宋神宗，对苏轼当像对恶马一样减秣加箠，使其服帖之后乃可用。不过这阻止不住苏轼的反对。

王安石打算废除诗赋，改用明经和策论作进士考试，并要兴办学校。苏轼启奏反对！他认为贡举的措施，今比前精，所得进士，今比前多，不必罢诗赋；他认为兴办学校，相当于弃先王之旧制，毁先王之旧物，从而治以宫室，食以游师，是害天下之民。

苏轼有机会负责开封府的进士考试，遂特以独断专任的得失为题，影射并暗损王安石。王安石知道苏轼的用意，十分不悦。

王安石一旦要实施变法，苏轼便一上皇帝书，再上皇帝书，强劲反对。苏轼一一驳斥了青苗法、均输法、保甲法、免役法、市易法、保马法、方田均税法。此举光明正大，所论也汪洋恣肆，纵横捭阖，尽显君子之风。

然而苏轼的反对渐渐火爆。他认为变法机构只不过是求利之名，在此履职之员，也不过是求利之器。他的建议是："故臣以为欲消谗慝而召和气，则莫若罢条例司。"就是建议宋神宗撤销王安石负责的变法机构。他还暗示，如果放任王安石执政，那么会孤立皇帝，以至剪弃纪纲，何事不生！这也像是在挑拨君臣关系了。他明确指出，王安石的变法，实际上属于小人行险以侥幸。他断定，王安石不知人，不能大用，信而用之，将为国家招祸。他甚至斥责王安石是奸邪。

苏轼几乎如其父苏洵一样谩骂王安石。1060年前后，欧阳修在京师推荐苏洵的文章。公卿大夫多比较欣赏，独王安石不喜欢。王安石认为苏洵所作，兵家之风甚强，多是权谋机变之言。苏洵以王安石的非议和否定，心存厌恶且怨恨。王安石母故，在京师的公卿大夫皆吊唁，唯苏洵不礼。欧阳修欲弥合苏洵与王安石的嫌隙，规诫王安石是当世文行之士。苏洵竟怒发冲冠，断定王安石是囚首丧面，其非常时候，必使社会动荡。苏洵还痛贬王安石说：“知其人也，是不近人情者，鲜不为天下患。”苏轼与苏洵在反对和攻击王安石上是一脉相承的。

苏轼不屑于王安石的学术著作，尤其反对其文字研究成果。苏轼指出，文字之衰，源在王氏，坏在使人同己。他说：“王氏之学，正如脱椠，案其形模而出之，不待修饰而成器耳！”

王安石长苏轼十六岁。他从来没有谩骂过苏轼，相反，他不仅认为苏轼是才士，而且对其怀欣赏之情。苏轼存亡之际，王安石也施以援手。1079年，宋神宗批示御史台，要求根勘苏轼，真是危急至极。当是时也，王安石出面提醒宋神宗："岂有圣世而杀才士者乎？"劝宋神宗的人很多，然而究竟什么角度会打动皇帝的心呢？似乎是圣世的角度了。

从黄州迁转汝州那年，苏轼过钟山，请见王安石数次。他们讨论政治，唱和诗词。苏轼的致仕卜居似乎也在交流之中，遂有苏轼于钟山置田购宅以陪王安石之语。基于此，一些论者认为苏轼与王安石之间的隔阂、矛盾和冲突已经涣然冰释。在王安石大约没有多少问题，然而苏轼未必。三年以后，王安石薨，苏轼在赠太傅称谓的诏命里对王安石的变法毫无肯定，便证明他怨气犹存，还在反对这位长者。

秦观小苏轼十二岁，深受苏轼的器重，被视为弟子。苏轼在钟山请见王安石，频频交游，实际上是要借王安石之力为秦观延誉，以增加其进士及第的可能。所谓买田宅，得陪王安石杖履，息于钟山之下，完全是虚情假意。苏轼只不过是在应付王安石，暂时讨其喜欢而已。苏轼理想的安家之处，根本不在钟山。

好色

好色只是以得体的言行表达对女性丰盛的喜欢而已。凡精神健康的男子，都是好色的。凡身体健康的女子，都乐于男子之好色。

苏轼好色，异于宋玉，宋玉病矣；苏轼好色，也异于登徒子，登徒子秽矣。苏轼之好色，节制而雅。

凤凰山下雨初晴。水风清，晚霞明。一朵芙蕖，开过尚盈盈。何处飞来双白鹭，如有意，慕娉婷。

忽闻江上弄哀筝。苦含情，遣谁听？烟敛云收，依约是湘灵。欲待曲终寻问取，人不见，数峰青。

此词之意颇为明白，叙苏轼与朋友张先同游西湖，赞江上弹筝之妙，想象乐伎之丽，并有意会一会。

张先高寿，喜欢采纳乐伎为娱。苏轼跟他的往来，当在任杭州通判阶段。三十六岁外任，邀乐伎陪一陪，既合苏轼的性格，又合苏轼的心情。

对苏轼此词的背景，宋人也有一些探究。以张邦基的笔记，苏轼与客坐西湖一亭中，有彩舟渐近。数女无不靓妆，其中一女尤艳。看起来三十岁左右，丰姿绰约，正是她在弹筝。苏轼与客目迎目送，船翩然，曲也翩然。苏轼有感，遂作此词。

苏轼家蓄数妾，唯朝云名垂青史。也是在任杭州通判的时候，苏轼发现朝云的。她仅十二岁，虽然混迹于歌伎舞伎之中，然而聪颖伶俐，清明超逸。朝云以出身贫寒沦落，不过天生纯良，为苏轼所宠，遂被纳为妾。她随苏轼上升，落魄，再上升，再落魄，凡二十二年。

苏轼颇爱朝云，因为她是一个知己。有一天，苏轼饭讫徐行，忽然指其腹问左右侍儿说："汝辈且道是中何物？"一侍儿抢答："都是文章。"苏轼无语。一侍儿便道："满腹都是见识？"苏轼仍无语。朝云曰："学士一肚皮不合时宜。"苏轼忍俊不禁，也甚为欣慰，望着朝云夸奖说："知我者，唯有朝云也。”只有理解苏轼，体贴苏轼的灵魂，才知道苏轼既不跟朝廷的东风跑，也不跟朝廷的西风跑，从而东风也摧他，西风也摧他。

朝云姓王，钱塘人。苏轼有词数阕，一而再，再而三，对其吟咏。

乳燕飞华屋，悄无人、桐阴转午，晚凉新浴。手弄生绡白团扇，扇手一时似玉。渐困倚、孤眠清熟。帘外谁来推绣户？枉教人梦断瑶台曲。又却是，风敲竹。

石榴半吐红巾蹙，待浮花浪蕊都尽，伴君幽独。秾艳一枝细看取，芳心千重似束。又恐被、西风惊绿。若待得君来向此，花前对酒不忍触。共粉泪，两簌簌。

有论者认为，此词委婉含蓄，艺术甚高。我一诵再诵，觉得不过尔尔。当然，各人有各人的理解，并应该允许多种观点存在。

此词是苏轼为一位官伎而作的。

官伎不但姿色灿然，往往也懂琴棋书画。宋政府的要员不能进闾巷青楼，不过可以招官伎。官伎为州县衙吏提供歌舞娱乐，也当陪酒。

仍是苏轼在杭州的日子。一天，宴会隆重，便招了几个官伎。别的官伎都到了，只有秀兰还没有到。秀兰黠慧机灵，热闹的气氛，她不来还不行，遂差小使唤她。其俄顷便至，自云她洗了澡，感觉困，打盹睡去，就迟到了。苏轼宽容，便谅解了。然而有一位衙吏显然意在秀兰，见她晚来，遂怀疑她，责怪甚至发火。秀兰为安慰此衙吏，迅速摘了一枝石榴花献上，岂料此衙吏更是生气，她也不禁流泪。苏轼以词记事，当然也在息怒而止哭。

在苏轼的时代，男女都早婚，以求门庭兴旺。苏轼十九岁娶十六岁的王弗为妻，都还是孩子。当然，他们也已经成熟，可以生育了。王弗有教养，有文化，尤其使苏轼从身体上和精神上认识了女人，遂对王弗的感情既真又深。王弗卒，苏轼便再娶王闰之为妻。王闰之是王弗的堂妹，依情理，应该不会亏待苏轼与王弗所生的苏迈。也许苏轼急着需要一个女人管家，方娶了王闰之。究竟什么原因使王闰之拖到二十二岁才穿嫁装，苏轼应该也知道，不过看起来他也是别无选择了。在娶王闰之五年以后，苏轼得朝云，也许是需要某种补充吧！

一般都是男的活不过女的，然而苏轼命硬。他的女人，王弗二十七岁死，王闰之四十七岁死，朝云三十四岁死。

苏轼是强壮之才士，他好色，然而有义，不失道。

事实与指控

御史台所在院子遍植柏树，柏树上常有乌鸦筑巢，御史台遂为乌台。

主要是宋政府御史台几个人，包括何正臣、舒亶和李定，发现苏轼在感恩宋神宗的奏章里和他的其他诗文里，隐含愚弄朝廷之意，甚至多有讪骂和讥谤之词，遂指控苏轼违法，把其投入监狱。对此案件，也称乌台诗案。

言论致罪是野蛮和落后的，可惜苏轼处于这种文化环境之中，他会有什么途径逃脱呢？

一旦诗文也可能违法，这便极易造成诬陷。

凛然相对敢相欺，直干凌空未要奇。

根到九泉无曲处，世间惟有蛰龙知。

苏轼此诗，无非是喟叹两棵桧树的一种傲岸气势。其干高入云端，其根深入壤末，直上直下。桧树深入地下之程度，只有蛰龙才能知道。也许苏轼是通过表现桧树的可畏，推崇人的一种刚正精神吧！也可以仅限于桧树之咏，也可以延伸一下，这也罢了。

然而重臣王珪，苏轼的同乡和同门，偏偏要置苏轼于绝境，遂告宋神宗说："陛下飞龙在天，轼以为不知己而求之地下蛰龙，非不臣而何？"幸而皇帝还清醒，冷冷地说："诗人之词，安可如此论！彼自咏桧，何与朕事？"然而王珪这种无中生有的挖掘，有时候也是会害命的。

形势十分严峻，是因为苏轼的诗文里确实有牢骚，有讽刺，反对变法。此乃事实，这也成为御史台几个人指控的把柄。

苏轼的诗文里难道没有政治吗？难道没有政治立场和

政治倾向吗？难道没有对朝廷的讽刺及反对变法吗？显然有。有才是正确的，有也才是苏轼。

至迟在1071年，苏轼颂宋神宗曰："臣今知陛下可与为尧舜，可与为汤武，可与富民而措刑，可与强兵而伏戎虏矣。"不过几年以后，1079年，他当湖州知州就变了。在给宋神宗的谢表里，他怪里怪气地说："此盖伏遇皇帝陛下，天覆群生，海涵万族。用人不求其备，嘉善而矜不能。知其愚不适时，难以追陪新进；察其老不生事，或能牧养小民。"

我很容易看出苏轼的讽刺。苏轼认为，王安石变法以来，朝廷所用之人，唯数位少年，四十几位使者。他觉得自己不能追陪这些人，是因为他鲁钝。不过也由于自己的本分，还能做一个地方干部，他的讽刺难道不是很明白吗？

实际上苏轼在此也发泄了他对宋神宗的抱怨，认为其大用王安石及制置三司条例司之徒都有问题。苏轼当然也觉得他可以成为重臣，并会为国家尽力竭智，只是他久困地方，未能展翅。苏轼感到自己仕途渺茫，遂有一点迫不及待了。

苏轼不一定有错，只是依天赋权利表达了自己的一点意见而已。然而这些意见恰恰成为御史台指控的证据。

苏轼还有种种意见播撒在他的诗文里。御史台几个人鹰犬一般矻矻不歇地搜罗并汇集其意见，以定他犯罪。

苏轼有一组山林诗，任杭州通判那几年所作，是讽刺变法的。我愿意一一分析，以呈现苏轼之讽刺。

竹篱茅屋趁溪斜，春入山村处处花。

无象太平还有象，孤烟起处是人家。

七言绝句之一。此诗不在指控之列，是因为御史台几个人知识贫困，不懂苏轼的讽刺。

唐人窃议时政，唐文宗召牛僧孺，问如何使天下太平。牛僧孺答："臣思太平亦无象。"指天下太平，并无什么特别的标准，生活安宁就是太平。苏轼的讽刺在于他反牛僧孺之意而用之，认为太平有象，有标准。王安石变法，天下惊疑且惶惑，甚至城乡鼎沸，于是有农民就躲在川泽之畔生活，以求得安宁！一线炊烟，飘摇而上。这是变法以后天下太平的标准，谓之有象。其讽刺也。

烟雨濛濛鸡犬声，有生何处不安生。
但令黄犊无人佩，布谷何劳也劝耕。

七言绝句之二。此诗受到指控，苏轼也承认他对变法不满。此诗的意思是，若盐法宽平，营运私盐的人就不会带刀剑，从而要买牛犊，自觉种田，遂不劳宋政府的劝农使者了。他说："讥讽朝廷，盐法太峻不便也。"

此诗用了一个典故：汉人龚遂任渤海太守，看到百姓携刀挂剑，疏于稼穑，便劝他们卖刀卖剑，以买牛犊耕地。苏轼颇为辛辣，他以布谷鸟鸣比喻劝农使者的工作，几近于轻蔑了。

老翁七十自腰镰，惭愧春山笋蕨甜。
岂是闻韶解忘味，迩来三月食无盐。

七言绝句之三。此诗通过一个七十岁老翁以野菜充饥，穷得既吃不饱饭，又吃不起盐，吐诉盐法之酷。苏轼反诘：七十老翁，为炊三月不用盐，难道他像孔子听了韶乐忘了肉味一样，而嚼着笋蕨的糖味就忘了盐味吗？

此诗受到指控，苏轼也承认他的嘲诮。舒亶向宋神宗反映说："陛下谨盐禁，则曰：'岂是闻韶解忘味，迩来三月食无盐。'"苏轼检讨此诗的意思是，偏远之人，动经数月无盐可食，其粮也不足。他说："若古之圣人，则能闻韶乐忘味，山中小民，岂能食淡而乐乎！以讥讽盐法太急也。"

杖藜裹饭去匆匆，过眼青钱转手空。

赢得儿童语音好，一年强半在城中。

七言绝句之四。此诗受到指控，舒亶说："盖陛下发钱以本业贫农，则曰：'赢得儿童语音好，一年强半在城中。'"苏轼在供状里说："意言百姓虽得青苗钱，立便于城中浮费使却。又言乡村之人，一年两度夏秋税，又数度请纳和预买钱，今此更添青苗、助役钱，因此庄家子弟多在城中，不着次第，但学得城中语音而已。以讥讽朝廷新法青苗、助役不便也。"

以杭州通判的分工，苏轼要到富阳、新城、於潜、昌化、临安、常州、润州、秀州、永乐、金阊、丹阳、宜兴、无锡和宝山巡行并考察。他了解到百姓在领取了青苗法所给予的贷款以后，便往城里去消费。俄顷之间，钱就花光。一岁之中，乡下人有两季在城里住，谁管耕耘呢？孩子只不过学了一口城里人的腔调而已。此诗揭示青苗法和免役法在杭州的失败，是有苏轼的调查和思考的。

窃禄忘归我自羞，丰年底事汝忧愁。

不须更待飞鸢堕，方念平生马少游。

七言绝句之五。既发无功得酬之叹，又含衣食满足之哀，为什么？苏轼志在青云，区区通判如何能使其振翮呢？然而鸢翔高天，也许会坠地摔死，所以不当到了这种惨境才想起知足求安的马少游。苏轼意识到政治险恶，似乎已经厌倦了。

此诗不在指控之列，然而苏轼并非没有针砭和批判，只是御史台那帮家伙缺乏艺术的感受能力。他们心很毒，灵性很弱。

诗以讽刺，其传统久矣。“刺过讥失，所以匡救其恶。”

此乃郑玄的总结。苏轼继承了讽刺的传统。他对朝廷的讽刺属于事实，他只是希望宋神宗警惕变法的危害。

苏轼固有一种表达的权利，包括讽刺。这在一个文明和进步的社会，不会违法，但在宋政府却受到指控。社会没有发展到宽容讽刺的程度，导致了指控的发生，也使苏轼遭到惩罚。

然而讽刺不是谤讪。宋政府给苏轼的定罪是：谤讪朝廷及中外臣僚。讽刺属于事实，但谤讪却夸大了事实。放逐黄州，是苏轼的一种冤枉。

苏轼也有自己的幸运，是他碰到了宋神宗。如果他逢秦始皇或朱元璋，那么，早就死了。

政 绩

苏轼诗词之光的璀璨遮挡了他的领导能力，容易使人忽略一个有作为的且有功业的苏轼的存在。

他在中央工作，总是陷入纠纷之中，然而一旦至地方任职，便生龙活虎，政绩瑰卓，可以永远纪念。

苏轼初任是凤翔府签判，相当于公署的副长官。他颇有工作的热情，且具实事求是的品质。秦岭森林茂密，凤翔府要完成的一个任务是伐木伐竹，并从渭水运黄河，再运京师，以供建筑之用。公署规定在渭水暴涨之季操作，这固然有效率，不过也频频殒命破家。苏轼发现问题以后，修改规定，让服役之人自己决定怎么工作。他们或进或止，相机而动，只要能完成任务就行，从而其害速减。毕竟是才士，遂也修喜雨亭，挖饮凤池，其遗址至今犹存。

大展其领导能力的，当是苏轼以祠部员外郎直史馆移知徐州的那两年。为公署长官，掌有权力。他也历练了十六年，积累了足够的经验。关键是，他的心智已经完全成熟。

到徐州三个月，便逢黄河决口澶州，泛滥梁山泊，溢涌南清河。其奔流漫延，有一股竟汇集徐州城下。积水上涨，城外之水便渐高于城里。暴雨不息，随时都会倒墙致灾。

苏轼进城出城，认真检查了一遍。见有富户逃城而去，便率从吏动员他们返城，以免造成恐慌。他挥着手，大声说："吾在是，水决不能败城。"劝阻了一些富户之后，他匆匆至驻扎徐州的武卫营，请指挥员命令士兵也参加抗洪抢险。指挥员通情达理，顷派士兵出发。

苏轼的具体措施是要筑一道长堤，以阻水冲城。长堤建成了，也挡住了水，险情遂顿削。

然而暴雨连绵，城下原有的积水还在上涨。苏轼便组织劳力增高其墙，并加固之。他还要从吏分段守护，各负其责，保证墙不垮。他还派青年送干粮给困水之人，并伺机解围。苏轼在墙上搭了一个草棚，几十天就宿于此，过家门而不入。上下奋战，终于保证了徐州的安全。

朝廷知情，表扬了苏轼。他也乘兴在徐州东门建了一座可以远望青山白云的楼，专门以黄土涂饰，名曰黄楼。苏轼懂哲学，建黄楼意在以黄土克水，从而佑助徐州。苏轼喜欢热闹，就举行了一个隆重的落成典礼。他还设宴奏乐，以飨麾下和宾客。

苏轼还为徐州人找到了新的燃料。徐州人一直烧柴烧草，然而遇雨遇雪，不能进山，便不得柴草。由于不得燃料，做饭不成，竟有人抱着棉被换柴草。苏轼以徐州人之急为急，立即派巧匠在徐州西南一带勘探，发现了煤。他下令开采，不但解决了燃料问题，而且还可以炼铁，制造农具和兵器。

1089年至1091年，苏轼任杭州知州。他不辞风流，更有政绩。

其甫至杭州，就遇天旱。以饥而疫，饥疫并发。苏轼上书，申请免除了杭州当缴贡米的三分之一，从而防止粮价飙升。他还得到了朝廷所赐的一批出家为僧的身份证明，用它换米，救济灾民。措施得力，饿殍无一。

遗憾感染发生，遂使疾病流行。苏轼一边遣使至闾里送粥，一边派医进街坊治病，以尽量保命。由他主持，还在杭州建了一家医疗所。钱不足，他便拿出自己的五十两黄金以资助。

杭州近海，地泉又咸又苦。唐刺史李泌先引西湖之水作六井，居民用水方便了。唐刺史白居易再浚西湖之水流入漕河，又引漕河之水流入农田。一旦灌溉，便能丰收。李泌和白居易在杭州的贡献，不可能不影响苏轼。不过苏轼要做的，旨在杭州人的福祉，这也属于他的独创。

苏轼来杭州的时候，六井尽废，漕河也没有多少运输了。西湖更是淤泥层堆，葑草狂长，水也萎缩了。苏轼得到朝廷的同意，动员20万劳力浚茅山河和盐桥河，以启漕河之航。他又建堰设闸，以控制江潮肆泄西湖，从而防水淹城。

他最宏伟最豪迈的工程显然还是修筑贯通西湖的长堤，使杭州人的绕行变成直行，并使他们能欣赏西湖的潋滟与空蒙。他策划并安排劳力，起淤泥，拔葑草，以作长堤。2.8公里的长堤成了，西湖的水也清了。他在杭州赈款赈粮之余招募劳力，在西湖种菱，种芙蓉，又栽杨柳。苏轼在西湖所修筑的长堤，真的是利在昨日，美在千秋和万代。

苏轼既善于在白纸上做文章，也善于在大地上做文章。

苏轼没有形式主义的政绩。他的政绩，唯在民生。

如何活下来

在考察苏轼生存能力的时候，我反复想到屈原。

屈原博闻强志，娴于辞令，有一套治理社会的办法。可惜受到嫉妒和排挤，先遭楚怀王放逐，后遭楚顷襄王放逐。湖泽相连，荒野漠漠。屈原怨愤冲天，忧患遍地，觅不得解脱之路，遂自绝于汨罗江。

苏轼比屈原更坎坷，更屯蹇，但他却活了下来，究竟靠的是什么？

人生实难，没有解脱之路就会寻死的。

苏轼显然在千方百计地求得生存，也是在求得生存的过程中，苏轼的文章才越来越通神，越来越有启示。

苏轼喜欢形胜和史迹，每到贬谪之地，他便登临乎山，移趾乎水，以遣其闷，宽其怀。

苏轼也有雅兴收藏字画和奇石，这需要发现并鉴别，而且将永远处于期待之中。一个人对生活越是有兴趣，有热情，他就越是留恋生活。苏轼便属于这样的人。

苏轼的妻子也温柔且坚韧地支持着他。他爱妻子，妻子也为他的魅力所吸引。苏轼和朝云灵魂相通，凡二十余年，确实是天赐之福。朝云西归，他便不再有女人，而朝云则成了他对女人的回念和向往。她也是苏轼的太阳，苏轼想到她总是一片光明。

苏轼的朋友很多，无处无时不得朋友的喜欢、尊敬和支持。这一点非常重要，尤其在倒霉的日子，它是一种可贵的抚勉与鼓励。

放逐儋州，他有朋友；放逐惠州，他也有朋友；放逐黄州，他当然有朋友。

黄州是一个偏远的小镇，不过太守徐大受钦佩苏轼，遂以礼遇之，一再邀请苏轼赴宴栖霞楼，并常请苏轼至他家吃饭。有蜀人王齐俞、王齐万兄弟住武昌，苏轼抽暇便走一走，见他们，往往也要留饮几天。陈慥也是蜀人，隐居黄州。他数晤苏轼，苏轼也数见陈慥，交流甚欢。陈慥的妻子嗓音高，苏轼曾经戏谑狮子吼。马梦得为他请得一片过去的营地，使苏轼栖而有屋，耕而有田，就基本上解决了生计问题。马梦得忠于苏轼，长期陪伴着苏轼。李常任职舒州，惦念苏轼，便至黄州探望。苏轼兴起，携李常往寒溪去游西山寺。王天麟坐船过长江而来，毛滂自筠州而来，都要谒苏轼。二十二岁的米芾，任职长沙，也至黄州谒苏轼。张舜民左迁郴州，绕道黄州，以会苏轼为幸。

张怀民贬谪黄州，因与自己志同道合，遂不仅找张夜游承天寺，还为张所作的一个建筑题曰《快哉亭》。参寥是僧人，也是诗人，在杭州认识了苏轼。他来黄州看苏轼，并寓苏轼家一年之久。道士乔仝，足有百岁，也聚于苏轼家。朱寿昌是鄂州的太守，一再至黄州，送酒肉给苏轼。苏轼得旨，将离开黄州，朋友不舍，便纷至沓来地为其饯行。他们送苏轼到慈湖，再到九江。这种依依之情也太难得了。

不过苏轼得以生存的尖端武器应该是他的宗教信仰。

在苏轼的精神食粮里，儒家文化是一道主菜。它使苏轼的人生有了强大的动力，从而下山，出川，至京师参加进士考试，以踏上仕途。儒家文化给他的前脑注入了经邦济世的思想，也在他的后脑储存了立功扬名的理念。他积极地展示才能，希望得到重臣的推荐，以使自己靠近皇帝。在有了一个职位并赖以尽忠之际，也难免竞争，难免遭遇嫉妒、排挤和攻击，难免受到伤害，甚至坐牢和流放。理想是跻身于三公九卿之列，执政于枢密州府之中，以布尧舜之俗，但结果却是贬谪，贬谪，再贬谪。怎么办？如何活下来?

好在苏轼有他的尖端武器，从而抵御人生的失败，这便是佛老之道。

苏轼颇具慧根，更有佛缘。他父母都拜佛，家里敬有十八罗汉像，自小便懂得供奉。

不过他喜欢佛经，是从任凤翔府签判开始的。有同事王澎，向他传播佛理，遂渐渐乐之，钻研之。

任杭州通判，苏轼巡行辖区，曾经宿无量院和灵隐寺，体验了僧人的生活。吴越一带的法师，他交往的有十分之九。他的儿子苏迨三岁还不会走路，他甚为忧虑，便请辩才法师为其剃发，摩顶祝福。数日以后，苏迨就能走路了。这些都增加了苏轼对佛的感情。

落难黄州，岁月难熬，苏轼遂杜门谢客，学习释迦牟尼的教导。他还常常至安国寺，向佛上香，之后打坐，默默省察，以至物我两忘。

佛教认为，色不自有，虽色而空。既然四大皆空，那么是非、得失、毁誉或贵贱有什么区别呢?计较它有什么意义呢?苏轼慢慢得到解脱，从而视野为之开阔，胸襟为之旷达。人豪迈，文章也豪迈了。

佛理给了苏轼生存的智慧。放逐惠州，他过金山，入崇因禅院，喜逢观世音菩萨像新成，遂灵机一动，向佛上香，行礼，发愿："吾如北归，必将再过此地，当为大士作颂。"从惠州至儋州，苦海无边，不过苏轼终于北归。他践其承诺，至崇因禅院，果为观世音菩萨作颂。

苏轼也从道教汲取生存之法，并奉行得矜矜兢兢。他懂得老子和庄子的哲学，清静无为，顺应自然，不以通而为荣，不以穷而为丑。他还感受像婴儿一样动止无心，像醉汉一样委曲随意，以获全生。在技术层面，苏轼禁食闭关，设炉炼丹，并坚持运气练功，调津咽液。

我以为，凡喜欢形胜与史迹，收藏字画及奇石，钟情于女人并为女人所温暖，或广受朋友之拥戴，固然有助苏轼的生存，不过这些都是他的常规武器。也许仅有常规武器是不够的，当然，苏轼也不止于常规武器。佛老显然是他的尖端武器，其兼而用之，才不致自绝。

可惜的是屈原，他缺少这些尖端武器。

在顺境，苏轼行孔子之道；在逆境，苏轼遵循佛老的原则。苏轼之生存，不亦瑰玮乎！

我沉默吧

在冬天，我赴四川眉山，瞻仰了苏轼的生地。在春天，我至河南郏县，徘徊于苏轼的墓地。我久浸于对他的征考之中，以获得一个关于苏轼的实质。难矣哉！

林语堂给苏轼的人生涂抹了浓厚的暖色，从而掩盖了苏轼之痛。苏轼也并没有完成什么突围，因为他临终的眼神仍有惊恐。

我一直想用放大镜和显微镜看一看苏轼，以辨其瑕瑜。我无意给苏轼争一光，更不能给他减一彩。

宋文化对唐文化是一个继承，然而宋文化比唐文化多了理性思考，遂为发展。唐旷放，宋有境界。窃以为置苏轼于同列之中，他的境界不免逊于范仲淹，也弱于欧阳修，更输于张载。

苏轼虽然不失其时，遗憾拘于其地矣！他少年出蜀，似乎已经带着几乎定局的世界观和价值观了。不过他横空现天，便为明星，并将永放光芒。

复杂寓于神奇之中，神奇包含了复杂。苏轼也太复杂了！他比我知道的要复杂十倍！

原载《鸭绿江》2018年12期

“人生不满百，常怀千岁忧。”真是何必呢！“昼短苦夜长，何不秉烛游！”当然应该这样。创造欢乐，并用欢乐抵抗雾霾似的忧郁、愁闷和辛酸。

尤其要明白，生命本是欢乐之泉，往往是贫富、贵贱、荣辱、美丑或爱恨这些理念堵塞了欢乐之涌，这颇为可惜。

——朱鸿

窄门堡

只要有心，何处不能读书或著书呢！

然而筑其精舍，荟萃图籍，以成阵列，并在合适的位置摆几件古玩，养一盆花，尤要常拂尘埃，做到亮窗净台，便是文化，也更见风雅，还会体现一种精神向度。

我的书斋以窄门堡名之，是从一位夫子的训诫：“你们要进窄门。因为引到灭亡，那门是宽的，路是大的，进去的人也多；引到永生，那门是窄的，路是小的，找着的人也少。”

命运多舛，境遇久艰，无不出于罪。幸而有窄门堡，使我得以循自己之所求生活，真是神赐了福。可惜我的血液里有毒，我像一块石头，缓缓地移动。

窄门堡给了我十分重要的安慰和支持。它是我唯一的，也是我最美的避难所。这里充盈着大明，这里有光。

原载《今晚报》2019年1月17日

舒放的日子

算起来一生中最喜悦的日子应该是在大学，不过比大学更美的日子还是五岁到十二岁的时候。那时候我在乡下，在少陵原上。

没有进小学，心就野了，希望摆脱父母的束缚。我还好，父亲在工厂，一个星期回家一次，而母亲则忙得天昏地暗，爷爷奶奶便无法管住我。完全是肆意的日子，自由的日子。

看到邻居养猪，翻江倒海地闹着，也要母亲买猪，不过是想趁着喂食之际，给猪抓痒。先抓颈，再抓腰，手慢慢地移到肚子上，抓着抓着，猪便陶醉似的侧卧在地，做梦了。养猫，逗它捕捉蝴蝶、纸团或乒乓球。养狗，张开其嘴，抚摸其温热的舌头。用弹弓瞄准栖在树枝上的麻雀，狠狠射出土块，打下来，若是活着，就线扎翅膀，放在地上驯而弄之。也会站在谁的肩膀上，跷起脚，硬挣着毁巢取卵，惹得成群结队的麻雀愤怒地抗议和悲哀地哭泣。撵兔，往往是在收割小麦以后。一声呐喊，农户就变成了猎户。宁静的田野，骤然紧张。生产队的男社员除了老者，几乎全体出动，狂追其兔。虽然知道自己不可能获得，我也要跟着跑。一旦发现墙角或椽间结着马蜂窝，兴奋至极，到处呼朋唤友，起哄着扔瓦片，扔砖头，砸而不中，便操起木棍捅。马蜂飞过来，几乎要落到头上和背上，一边扑打，一边骏奔，遂在叔叔婶婶的惊呼之中逃过一劫，十分刺激。

穿梭于天地之间，不过那时候还不理解它的伟大和神奇。

农民套着马犁地，明锐的铧钻进去，黄土便翻到两边。黄土翻着翻着，遂形成一条慢慢向前延伸的沟渠。一晌下来，就犁半亩，一天下来，就犁一亩。几个把式一齐上阵，金盆一带的百亩地便犁完了。农民把种子扬下去，几日之后就是青翠的麦苗。辄想随犁抓一把黄土，或是掘出黄土里的种子看一看，难免受到呵斥，然而这有什么呢？顷闻崖塌了，妇女流泪，而男社员则匆匆用手刨着黄土。蓦然见人浮出黄土，闭着眼睛，仿佛死了。对其水沟穴按下去，掐，再掐，他遂苏醒了。一再跟着送葬的队伍往茔地去，看棺材如何吊至墓坑，推至墓道，之后如何用黄土利索地封填，堆起一个坟头。一个人或约上几个伙伴在田野割草，也充满乐趣。凡是不长庄稼的坎上、梁上或垄上，都长白蒿、蒺藜和狗尾巴草，这是黄土的慷慨。

夏日的下午，正在场里捉迷藏，忽然电闪雷鸣，我和几个伙伴还未跑到村子，雨便大如瓢泼，劈头盖脸。不过刚刚换了衣服，就发现一道彩虹从东至西，沿着终南山悬挂着。冬日虽然狂风扫叶，尘埃劲吹，不过仍会半遮着眼睛，看树枝断裂，柴门猛撞。下雪了，少陵原上一片宁静，仿佛黄土及其上生长着的麦苗全睡了。爷爷也禁不住，奶奶也挽不住，根本不怕冷，坚持出门，往田野里有坡的地方去踏雪。

小学一年级我还怯生，三年级以后混熟了，便发现同学之间是一个风味十足的世界。那时候作业少，老师总是在下课以后，于黑板的一角留两道题或三道题，无非是为了巩固知识而已。也没有什么奥林匹克数学竞赛班或别的什么补习班，完成半页纸的作业就剩下玩了。

所有的项目都很传统，抽猴、打尜、滚铁环，还有怼仗、摔跤、掰手腕。也锻炼了身体，也培养了感情。感情可能是积极的，偏向亲爱；也可能是消极的，偏向怨恨，这也无妨。

那时候各家各户都不设防，串门遂天天发生。班上有三十二个学生，我无不跨其槛，入其屋，浏览他们的贫穷，也阅视他们的温馨或生分。交游女同学，开始是糊里糊涂的，渐渐地也便羞涩了。男同学当然无所顾忌，甚至恼了还会打架。不仅在生我养我的焦村串门，因为认识了邻村的同学，也会串门至邻村。

并没有多少信息要交流，也没有什么计划要沟通，十岁左右，常常是在沉默的空隙出现一句或两句简单的叙事。

我会分享出半块馍，偶尔会分享出一颗糖。同学分享出的往往是红苕，树上的枣子或柿子。

每家每户都是土墙、土灶和土炕，吃饭就端碗蹲着吃。如果有爷爷奶奶，且不能劳动了，他们会静静地坐在房檐下。难辨他们的家庭关系，偶尔会碰到一个妇女坐在窗子里纳鞋底或缝衣服，并不招呼我。黄昏不降临，鸡就在院子里转来转去，啄食虫子。碰到夫妻拌嘴或妯娌吵嚷，也不回避我。我和同学要自己的，不知道什么念头一闪，也会一起串门寻找别的同学。几年下来，不仅熟悉了焦村三个队的所有巷子，也熟悉了通往邻村的小路，看尽了小路两边的白杨树或绚丽的晚霞。

1973年，春节以后，我上杜陵中学了。五个班的205个学生集合起来，接受校长的训诫。一个女生还戴着红领巾，遂遭到另一个女生的讥讽，说："你以为自己还小啊，中学了！"女生红着脸，急忙解下红领巾，装进自己的口袋里。我忽然意识到，前后左右的同学都变得有一点凝重了。

我曾经一再咀嚼那些舒放的日子，虽然没有像当代的孩子这般孜孜于书本学习，所掌握的书本知识显然也颇为贫乏，不过置彼此于广阔的人生背景，到底孰强孰弱还不可轻率论定。吾辈通过自己的体验区别了人类和动物，并充满感情地建立了人类与动物应该有的一种关系。吾辈降临于这个世界，就生活在自然之中，大地的形势与星空的深邃，是看见了，听见了，而且把对自然的感受永久地留在了灵敏的手指上和脚掌里。吾辈从小就在人际之中，不怕人，不远人，是因为一直就没有离开人，也没有任何伤痕使自己要疏弃人或拒绝人，虽然过去也有矛盾和冲突，不过人际总还是健康的。

更重要的是，吾辈始终保持着对事物的兴趣，求真也已经变成了一种生活方式，所以吾辈的知识一直处于积累状态。不仅如此，吾辈还努力使知识增值，这就是保持思想的活力。

也许没有那些舒放的日子，吾辈的心理已经疲惫不堪，精神也已经萎靡不振。若如此，何以建设人生并享受人生！

原载《陕西日报》2019年5月31日

路遥的创世

一

王卫国在棉袄上套了一件白布衫，又狠狠地在腰上系了一根麻绳，便把自己变成一个戴孝的人。

他从墙角抓起镢头，扛到肩上，向院门外走去。

“上工怎么穿这衣服?”养母说。

“心里有苦!”养父说。

“什么事啊?”养母问卫国的养父。

卫国出了院门，就听不见养父养母说什么了。沿着一条小路，他爬上山坡。三五个社员已经在打坝，还有六七个社员在陆续赶过来。

卫国直奔沟坎，抡起镢头挖土。有人用锨铲土装进笼子担走，有人吆喝着夯土。

打坝就是学大寨，把山坡夷为平地，以滞洪拦泥，淤地造田。郭家沟的社员都在打坝，卫国回到村子就是社员，当然也要打坝。

卫国狠狠地挥舞着镢头，震得两手生疼，虎口欲裂。浩瀚的冷风卷过黄土高原，但他的额头却满是热汗。

蓦地听到有人喊自己，他才停下镢头回头一看。

“卫国，不敢这样猛干。你才返乡，还不习惯干重活。身体要紧，歇一会儿吧！”是邻居大婶。

“热汗一出，痛快得很。”卫国抹了抹额头。

“把白布衫、麻绳扔了。晦气不晦气！”大婶过去扯了扯他的袖子。

“我这是给自己戴孝呢！我死了。”卫国仰天长叹。

“你可不敢寻无常！”

“放心，不会自杀。二十岁，翻身的日子多着呢！”

见大婶跟卫国聊天，四五个社员也围过来，拄着镢头、锨和扁担望着他们。

“我得挖土了。”卫国猫腰抡起镢头，其他社员也慢慢散去，各干各的了。

“这后生从县上回家就一满恓惶了！”

“给刘主任建议，让卫国当一个教师吧！郭家沟不少一个农民。”

听见老乡渐远渐小的声音，卫国眼睛湿润了。

二

王卫国反复想起一年之前，军方代表在一个窑洞里给他的通知。

“即将成立延川县革命委员会了！作为群众组织的代表，组织同意你进入委员会，任副主任。”

军方代表显然也有告诫。

“军方，革命干部，群众组织，这是三大联合。你十九岁，应该顾全大局，不搞派性。”

“我一定继续锻炼自己。”卫国站起来表示。

他看见窗外恰有一只麻雀飞来欢闹着。

革命委员会成立那天，卫国坐在主席台上。虽然是在边上，不过他身旁的人都是县上的官员。主席台下，红旗招展，男女皆欢。卫国感到自己抿着嘴唇，一副沉气敛神的状态。

从广场回到自己所住的窑洞，他悄悄撕下了那天的台历，装在自己的口袋里。台历上标明：公历1968年9月15日。

一个星期三的下午，组织安排卫国往黑龙关农业中学去参加学习班。在此他见到了几个同学，都属于延川县野战军总部的，是自己麾下的战士。他也见到了对立的几个青年。所有人都比较沉默忧闷。

主持学习班的领导明确指出：要清楚交代情况。在吃饭的路上，在如厕的路上，他又焦虑，又压抑。卫国在心里骂着：“日他妈的！”

有一天，他接受了三个人的调查，其中一个女同志专做记录。

“王卫国，白振基是红军出身，革命干部，你知道吧！”一个军事管制小组的人问他。

“我知道。”卫国点了点头。

“对他的死，你是否负有责任？”

“事情是这样的，1968年3月17日在白家塬上，发生了两派的武斗。我是在3月18日早晨看到白振基的，当时他已经死在天窑里。虽然我打了两枪，但子弹却并未射中尸体。我也没有看见是谁把白振基推进天窑的。”

“白振基致死涉嫌到你。如果你有责任，事情的性质就变了，你明白这一点吗？”

“明白。”

卫国意识到，如果他把白振基推进天窑，如果他射中了白振基的尸体，如果白振基不是死了才被推进天窑，他都会被逮捕。

情况终于调查清楚了，白振基致死一案，卫国没有刑事责任，然而白振基的家属还在四处告他。

1969年11月15日，他接到指示，参加了委员会核心小组的会议。

窗外的风呼啸着，一股一股地冲过，室内烟雾缭绕。

“王卫国同志，根据形势要求，现在免去你委员会副主任的职务。”一位领导宣布道，并用一双泡泡眼睛盯着他。

卫国猝不及防，脑子一片空白。不过他还没有失态。

卫国咬着牙走出窑洞。他知道，自己只能离开县上了。他喉咙哽咽，鼻子发酸。他穿过两排窑洞，往县委员会政治工作组走去。他想见一见朋友曹谷溪。

三

王卫国更是无时不想起常爽。

那天晚上，结束了县百货公司的路线教育，他和常爽并肩而行。

大雪飞扬，茫然一白，整个世界干干净净。

卫国转脸看了看常爽，觉得她真是美！她的眼睛里洋溢着笑意，她的脸嫩得可以掐出水来，她的牙齿白得如玉如贝，她的棉袄上，她的脖颈上，似乎都萦绕着从肌肤中散发的芳香，她的腮部已经浸染了桃红。

卫国的心紧张地跳着，感到一种冲动。他又瞟了瞟常爽，恰恰常爽正深情地斜睨着他。她冉冉的目光挽住了卫国的目光。

“我们就这样无穷无尽地走下去吧！”卫国鼓起勇气，握住了常爽的手，觉得自己浑身都在发抖。

“嗯。”常爽应着，更紧地攥着卫国的手。

卫国非常羡慕从北京来的知识青年，他更喜欢常爽。多么庆幸，以路线教育的工作，使他和这个清华大学附中的女子编在了一个小组。常爽显然也钦佩王卫国。

“你十六岁当头头，十九岁当副主任，实在了不起呀！”常爽一再夸他。

“男儿应当志存高远。我还有前进的目标呢！”卫国也并不谦虚。

卫国清楚县上流传着一个顺口溜：抽烟要抽大前门，找朋友要找北京人。现在，他终于在这个冬夜拉着北京人的手了。

恋爱一旦发生，它必然会像火一样烧成灰烬才结束。

卫国和常爽想方设法约会，这得有时间，还得寻找可以躲避耳目的地方。

卫国提议常爽往邮电大楼去。她随卫国走进去，溜达一圈又走出来了。卫国带着她拐到了邮电大楼的背后。这里没有任何人，只有潺湲流淌的秀延河。

“这个世界只剩下你和我了。”卫国抬起胳膊指了指黄土高原。

“你诡！”常爽走过去偎着他。

卫国拥抱着北京人，觉得自己幸福极了。他低下头，用嘴唇在常爽脸上逡巡着，摸索着，似乎有一点犹豫。他觉得常爽仿佛风帆一样忽然鼓荡起来，嘴唇对准了他的嘴唇。

世界变了，是卫国的生命变了，他的感觉变了。他在黄土高原上热烈地吻了清华大学附中的女子。

卫国跑到县委员会政治工作组，推开通讯组窑洞的门，看着曹谷溪融融地笑。

“有进展？”曹谷溪问。

“我和常爽亲口口了！”卫国得意地向朋友报告。

“订婚，娶过来，让常爽当你的婆姨！”曹谷溪鼓励着。

曹谷溪年长卫国八岁，是通讯干事，也是诗人。卫国愿意跟着曹谷溪学习写作，曹谷溪也喜欢卫国，认为这个后生有灵气，有雄才。卫国常常寓居于曹谷溪的窑洞，关系亲如兄弟。

数月以后，卫国向曹谷溪哀诉自己的副主任免了。不过还有爱情，这支撑着卫国。

根据常爽上山下乡以来的表现，她以公社和县上的推荐，进了陕西铜川的二号信箱厂，要离开卫国了。

卫国向养母要了三斤棉花，又用自己的生活补贴费扯了布，做了一床被子，一床褥子，送给常爽。

“卫国，我有一点担心。你就不怕北京人把你给撇了？”曹谷溪提醒卫国。

“我相信常爽不会的。‘荞面圪坨羊腥汤，死死活活相跟上。百灵子过河沉不了底，忘了娘老子忘不了你！’常爽怎会撇下我呢？”卫国沉浸在甜蜜之中，还唱起了一首信天游。

大约过了半个月，卫国突然撞进窑洞，扑在曹谷溪身上号啕大哭。

“咋啦？咋啦？”曹谷溪连连问他。

“常爽的同学告诉我，死了心吧，她家不同意我和她的恋爱关系。信在这里呢！”卫国说着，从口袋掏出一封信。

曹谷溪看了信，叹了一口气，思索着。卫国仍在大哭。

“副主任这个官，也不是先人留给你的，丢了就丢了；女子也并没有死光，值得为谁流泪吗？卫国啊，一个汉子，不怕受伤。回家去，像熊一样躲在树林里，舔干自己的血。你还要奋斗呢！”曹谷溪抱着卫国的肩膀安慰着，自己也流泪了。

四

王卫国听见咣当一声门响，便抬起头，看到刘俊宽扎着白头巾，夹着旱烟袋，走进了院子。他书也来不及放，便迎干爹坐上了养父的热炕。

“明天上工，不能戴孝了。”干爹劈头警告卫国。

“对着哩，对着哩。”养父接着说。

卫国看了看养父，又看了看干爹，知道他们自小就是结拜兄弟。他也知道养父老实，干爹精明能干，当了大队主任，上下联络，无人不服。

“寒冬穿白，你也够了吧！”干爹的口气似乎含有批评和指摘的意味了。

“我是给自己戴孝，告别过去呢！”卫国也为自己辩白着。

“告别过去，这样想好。明天脱了白布衫，烧了麻绳，精精神神去打坝。”干爹叮咛卫国。

“对着哩，对着哩！”养父接着说。

“谁不跌跤？谁不吃亏？能振作才是汉子！”干爹的口气缓和了一些。

“我会振作的，我不相信我就没有前途了。我不可能窝在山沟里。”卫国愤愤地表示着。

养母影子似的走进屋，点上煤油灯，又影子似的走出去了。

“你怎么打算？”干爹问。

“读书，写作。现在没有用，总会有用的一天。我可能只有读书和写作这一条道可走了。”

“打算不错。只是天天上工，怕日子久了，你也没有劲涨了。”

“对着哩！对着哩！”养父接着说。

“不让你离开农村太可惜！郭家沟没有几个是中学毕业的，何况谁也不比你聪明。在农村，就把你废了！”干爹磕着旱烟锅，咚咚地响着。

“我就不服。城里是城里人住的，农村后生就不能穿上四个兜住进城里？”卫国昂着胸，很豪迈的样子。

干爹迟迟地点燃烟锅，抽了几口，仿佛考虑什么问题。

“马家店小学缺一个老师，你可以去干。大队干部合计了一番，也一满同意。下午我见了城关公社的领导，也盖章同意了。民办教师，也是教师。你要对得起这份工作。”干爹缓缓地嘱咐着。

“对着哩！对着哩！”养父接着说。

“我可以一边教书，一边读书、写作。现在翻身的路就这一条了。”卫国像是告慰干爹，又像是暗示自己。

五

王卫国送学生出了学校，回到自己的办公室。他伏在条桌上，修改自己的一首小诗。删了几个字，又添了几个字，抑扬顿挫地念着。他满意了，便站起来，用粉笔抄在黑板上：

明明感冒发高烧，
干活还往人前跑。
书记劝，队长说，
谁说他就和谁吵。
学大寨就要拼命干，
我老汉走着就想跑。

他朝后退了几步，便读起来。刚朗诵了两行，听见有人敲门。开门一看，是晓芹来了。

“晓芹呀！你怎么来了。”卫国显得不悦。

“我路过这里，看一看你就走。”晓芹不禁畏怯着。

“来了就坐下喝杯水吧！”卫国态度又和缓了。

“不啦！你念诗呢！”晓芹也舒展了一些。

“那你随便吧！”卫国若有所思。

“我刷牙了，白不白！”晓芹露出牙转向卫国。

“不懂事，这是学校！”

“我知道哩！”

晓芹一笑，关上门回郭家沟去了。

卫国静了静，抬起头，又朗诵他的诗。刚念了一句，听见又有人敲门，便多少恼火地拉开门。

“卫国！”曹谷溪兴奋地喊着。

“你来啦，谷溪！”卫国拉住他的手，又握又拍。

曹谷溪看到黑板上的诗，朗诵了一遍，点了点头。

“不错啊，有气势呢！”曹谷溪打量着卫国，夸奖着。

“向你学习，也当一个诗人。”卫国掏出一支烟，递给曹谷溪。

“我来找你，就是想让你和我一块弄文学。还有北京的陶正，一块弄！”

“对着哩！我一满愿意。我一定得弄出一个名堂来！”

“噢，忘了问你，我碰见了那个女子，是找你来的吧！”

“找我来着。”

“弄出一个名堂可要有鸿鹄之志呢！”

“你放心，我不会在郭家沟找婆姨！”

“这就对了。现在我有好消息告诉你：我当通讯组副组长了。我要把你调到县通讯组，跟陶正、闻频一块儿弄文学。”

“怎么弄？”

“以农村通讯员的形式弄。”

“成不？”

“领导会同意的。”

“重归县上！感谢谷溪兄，感谢命运！”

“我觉得你在文学上会有前途的！”

“我会拼命写作！我还要通过写作到省城去，到北京去，甚至到联合国去。”

“写作就要有这种信心!”曹谷溪鼓励着。

“我不服红地毯只能让西哈努克亲王走!”卫国一激动便狂傲起来。

曹谷溪又朗诵了卫国的诗，眼睛放光了。

“这首诗表现一个老汉学大寨的干劲，意思新，节奏快。我给你推荐到县文化馆的报上发表一下!”曹谷溪建议卫国。

“给我推荐一下吧!”

“放心，保证推荐。”

“我也要像鲁迅一样，用一个笔名。”

卫国便征询曹谷溪的意见。

“可以用一个笔名。你要想好呢!”

“我想好了。”

“什么笔名?”

“对自己的证明，对女人的理解，都在其中。”

“什么笔名嘛?”

“我的人生一满都在其中。”

“什么嘛？”

王卫国豪迈地说——

“路遥！”

原载《时代报告·中国报告文学》2019年第9期

黄河摆过去了

已经是初冬，长安叶黄，渭水波寒，这个时候往黄河去，看洽川湿地，怕是一片萧瑟和败落吧。兴趣疲软，不很情愿，然而朋友发令，怎么可以拒绝呢?

早晨九点二十分，从陕西合阳乘车到了洽川。风景入目，竟不是我所臆测的那种荒凉和凋敝。我和几位朋友遂蛊然融入阳光之中，登船而去。

天气晴朗，四野完全透明。凡富山、光济山、天柱山，甚至远距几十里以外的梁山，也看得见它们的正峰和斜坡。黄河从龙门向潼关纵冲，隔岸便是山西临猗，其峨嵋岭似乎也隐隐在望。宇宙发蓝，云白成抹，山河尽披朝晖，我也不禁心旷神怡了！

自古以来都是这样：三十年河东，三十年河西。它是指大约三十年，黄河摆过去，向东，向山西方向，于是以前的河床就会形成湿地，芦苇丛生；大约三十年，黄河摆过来，向西，向陕西方向，于是以前的湿地就会变成河床，芦苇顿失。这是出现在陕西合阳与山西临猗一带的水文现象。

现在处于黄河摆过去的时候，所以洽川湿地足有芦苇176平方公里，这不是很浩瀚的吗？

人也会娱乐，竟开辟了弯弯曲曲的航道，让船慢慢地行着。不知道什么鸟从容地窜出芦苇，也不知道它们要到何处去。鸟翔于天，天才能产生动感。鸟并非天的装饰，不过天以有鸟的振翮而变得丰富，且具灵性。每年秋天，丹顶鹤、白天鹅和灰鹤一类的鸟会来洽川湿地越冬，而鸳鸯、苍鹭和黑鹳一类的鸟则久栖这里。潢洋一片，多有鱼虾，芦苇广袤且茂密，鸟能不高兴吗？天高地阔，一声鸟鸣，几近是玉珠沉在了大海里。

世传有莘国在陕西合阳一带，应该是公元前21世纪的莘氏部落吧！其公主女喜嫁尧舜之臣鲧，生大禹，创建了夏。大约两千年以后，其公主太姒又嫁周人姬昌，生姬发，为周武王，灭商而立周。

姬昌与太姒的结合似乎颇为浪漫。诗曰：“关关雎鸠，在河之洲。窈窕淑女，君子好逑。”大约反映的就是他们的爱情。

迎娶太姒，姬昌还真是用了心思。渭水没有桥，太姒怎么过河呢？周人就在渭水造舟为梁，成一舟，又成一舟，连接起来，遂为浮桥。太姒过浮桥而来，迎娶便自有热闹且隆盛。太姒是姬昌的正妃，其有德，能尊敬师傅，躬俭节用。

姬昌是谁？是西伯。周文王，是周武王灭商以后所追封的。

不知道春天的芦苇如何青翠，也不知道夏天的芦苇如何茂密，当然也不知道秋天的芦苇如何清逸，我只看见冬天的芦苇，几乎都枯萎了。芦苇出水，广无际涯。其色黄白，干干净净。阳光倾洒，碰到秆上或叶上，仿佛发出了金属似的声响。芦苇根部，注然是水。清澈，沉静，藏着鱼，藏着虾。虽是初冬，以阳光尽照，并不寒冷。

船缓缓而前，到了处女泉。不喜欢，是觉得透着一缕俗气，然而也没有十足的反感，更没有批评。洽川湿地有穴，暖流自涌，可以洗澡。经营处女泉的女士说："当年太姒在此洗澡，周文王看见了，便喜欢上了太姒，并终立为正妃。"

文化就是这样，它一再演义，反复变迁，且连续积累，尽管表面已经全非，不过其内核仍在。问题是，文化搭台，经济唱戏，显然在亵渎文化。不尊重文化，经济能强吗？

黄河摆过去了，这里有了洽川湿地。谢谢，它激发了我的思考。

原载《新民晚报》2019年12月3日

创造欢乐

我的岳父今天不在了，虽然交往不繁，我还是觉得难过。

我哀叹岳父的逝世，也怜惜一个生命的消失。也许我是借得岳父的逝世，伤感生命的易陨吧！我独在窄门堡，潸然泪下。

今天我乘出租车到校，司机五十余岁，感慨一些事情知道了，已经迟了。问什么事情，说：小时候没有好好学习，现在知道了，来不及了。我告诉他：欢乐生活，还来得及。固然世界上最大的海是苦海，不过人还是应该创造欢乐，这也是贝多芬所教导的。

还有一位女士，今天适叹自己心情灰暗，没有胃口。实际上欢乐像阳光一样盈盈于宇宙，只不过它偶尔缩在云层之上。阳光通常是会穿过云层，照耀大地的。应该注意到这一点，并领受阳光般的欢乐。

“人生不满百，常怀千岁忧。”真是何必呢！“昼短苦夜长，何不秉烛游！”当然应该这样。创造欢乐，并用欢乐抵抗雾霾似的忧郁、愁闷和辛酸。

尤其要明白，生命本是欢乐之泉，往往是贫富、贵贱、荣辱、美丑或爱恨这些理念堵塞了欢乐之涌，这颇为可惜。

不清楚我的岳父体验了多少欢乐。我只知道，他走了，也就带走了他的计划和梦想。我始终认为死亡也是一种胜利，若如此，您安息吧，安息吧！

原载《今晚报》2019年12月20日

我一直要问的是：谁称一个聚落为长安的？想到长安的人是怎样的？岁岁琢磨，有一天，我终于明白，他不是普通人，因为即使他是智者，也属于普通人。我猜测他是天使，在传神的意思。长安本是上帝之愿，是上帝对中国人的祝福，他选关中并宣布了这个消息。

——朱鸿

石峁城的曙光

我至石峁遗址，一次是中午，再次是下午。今年秋天，我三至石峁遗址，特意选择了上午。

这是一座距今4300年前后到距今3800年前后的城。已经习惯于咸阳古城之称，长安古城和西安古城之称，石峁遗址当然更是古城了。不知道是谁建的，不知道属于什么邦国，不知道石峁人从何而来，又为何而去？它屹立在大地上，可惜书语没有表达过，口语也没有表达过。它是一个神秘的存在，层层面纱覆盖着它。

清晨八点四十七分，我登上石峁城。东南部已经完成发掘，外城与内城对接的结构，在此朗然呈现。我进一看，出一看，情在激发，不过归于沉默。站在一个凸起的土丘上，我俯仰再三。彩霞满天，碧绿遍野，实属一种大美。刘勰说：“寂然凝虑，思接千载；悄然动容，视通万里。”我于斯就产生了类似的体验。

石峁城在陕西神木，恰处河套之中，石器时代应该是非常富饶的。石峁人显然经过了认真勘察，才选择在此建城。这里是黄土高原与毛乌素沙漠的交界，固然可以农耕，不过游牧民族也会迁徙过来的。竞争必然发生，冲突也必然发生，不过留下的将是融合。

极目四望，尽管沟壑纵横，墚塬并列，然而凡有黄土，多能生草长树，并泛葱郁之润。太阳普照，有深广的宁静。

洞川沟是秃尾河的支流，而秃尾河则是黄河的支流。石峁城大体踞洞川沟以南和秃尾河以东，在彼此的夹角之中。逐水而居，生活方便，也利于防御。

外城面积足有190万平方米，其东门的建筑复杂且精巧，凡马面、墩台、门塾、门道及瓮城，无不以石头砌成。外城的城垣现存大约4200米，有的高出地表一米余，也全由石头砌成。这些石头应该是经过筛选的，甚至经过了打制。它们没有特别的大，也没有特别的小。

徘徊外城一带，抚摸着赭色的石头城垣，我有惊心动魄般的触动。我问：石峁人有多少？多少石峁人参加了劳动？共用多少年建筑了他们的城？他们是如何经营的？他们怎么进食，怎么住？

内城大致呈东北—西南方向，其形略呈椭圆。从外城走向内城，走向内城里的皇城台，风吹云流，鹰在飞翔，我有凌空之感。

内城依山势而作，面积足有210万平方米。内城的城垣耸立山脊，也由石头砌成。皇城台底大顶小，四面都包砌了石头。顶虽然小，也足有八万平方米。夯土成基，曾经建有宫殿。宫殿区与祭祀区也可能兼容着，在这里出土的大型石雕上有人面，有兽面，也有神面。大约700年以后的商青铜器上的纹样，大约1200年以后的周青铜器上的纹样，似乎皆对石峁人面、兽面和神面的纹样有所采纳。

石峁城出土的文物及它们反映的生活，灿烂地表现了中华文明的曙光。站在石峁城，我环顾左右，千峰摩天，万水行地，而众星闪烁似的邦国则聚族于形胜之地。郑州西山遗址、辉县孟庄遗址、濮阳高城遗址、登封王城岗遗址、新密古城寨遗址、襄汾陶寺遗址及向东的济南龙山遗址，向南的杭州良渚遗址，无不灿烂地表现了中华文明的曙光。这些距今5000年前后到4000年前后文明的曙光，也许扬弃在或累积在天下之中的一个王国了。也许偃师二里头遗址，就是天子之城，王国之城，就是夏都。所谓三代的脉络是清楚的，夏商周是传承的。

石峁人的杰出创造，不仅表现在陶器上。他们制作了陶鬲、陶豆、陶盉、陶斝和三足瓮，还制作了灌注着他们理想的巨大的陶鹰。他们还有精美的骨器。成束成束的骨针匀称光滑，而且有孔。骨针应该是缝缀皮衣的，也可能用以编麻织丝，因为在石峁城出土有麻片和丝片。一批骨口弦琴和骨管哨，似乎仍能发出唤神的妙音。骨器皆从皇城台出土，这也透露了皇城台一个新的消息——它的功能是复合的。

石峁人的杰出创造，也在壁画上表现着。在瓮城墙体根部，我看到了三百余块壁画的残片。其色有赤、橙、黄、黑，白灰面作底，绘的是几何图案，反映的是一种思想观念和审美趣味。这些壁画对研究中国壁画及其艺术特点、制作工艺，大有助益！

石峁人的杰出创造，更在玉器上有所表现。玉器多出土于祭坛、祭坑和墓坑，也藏于墙体或石缝，这显然证明玉器是通神的。石峁人并非以玉器砍、伐、刺、戳，它不是实用的。石峁人以玉器献神，并祈祷神给他们所需要的城的坚固、不可侵犯，及风调雨顺、不遇饥荒。

不知道石峁人在什么地方采撷玉料？不知道他们怎样切磋，怎样琢磨？然而手抚石峁玉器，定睛于玉璧、玉璜和玉璇玑，凝望着玉钺、玉斧、玉刀和玉牙璋，只能想象石峁人如何双面钻孔或单面钻孔，想象他们如何以兽皮打平抛光。玉器上的孔圆劲、圆妙，美得让人心疼。玉器上难以觉察的由万千细线构成的面，它们的浸色和包浆，美得使人加速心跳。

可惜的是，石峁玉器流失海外已经近乎百年矣！大英博物馆在1937年就收藏有玉牙璋，并注明是神木出土的。不仅英国，欧洲数国、美国和日本的博物馆，皆有石峁玉器的收藏。直到1976年，中国一位考古专家才发现了石峁玉器，并在石峁遗址周围征集了127件，收藏于陕西历史博物馆了。

有时候我也会想：很好，海外学者看到这些玉器，应该自己掂量，中华文明是怎样发生的？中国历史是否应该从距今3600年的商提前到距今4000年以上，或距今5000年以上？

尤其重要的是，人类数千年的文明积累到了公元前5世纪，骤然出现了一个轴心时代，其智慧爆炸，遂有释迦牟尼、老子、孔子、苏格拉底、亚里士多德、孟子、庄子、荀子和阿基米德的鱼贯诞生。他们的思想，成了人类前进的灯塔。

问题是，古老的几种文明，古埃及文明、古巴比伦文明和古印度文明，无不遭遇挫折而中断了。但中华文明却以炎帝和黄帝所缔，由尧、舜、禹所发挥，至孔子予以总结，并以文字的记录，延续至今。

太阳升得更高了，天空大地盈溢着一种和畅的清爽之气。我在石峁城不禁舒啸起来，我想：伟大啊！石峁人参加了中华文明的进程。石峁城见证了中华文明的发生。石峁遗址在黄河流域放射着中华文明的曙光。

原载《光明日报》2020年2月21日

伸手够一够春天

所谓正月，指岁之首月，春天兴起了。

谁也没有料到，庚子年的正月会不得不居家生活。好的，那就居家吧！我有的是静气、忍性和毅力。

春天毕竟已经来了，我在屋里也感觉得到。窗口是建筑的诗，没有美的生活就像一个建筑没有窗口，多是可疑的，甚至是匿鬼的。我住五楼，北半球的春天通过窗口送给我，满足了我对春天的探望和享受。

实际上我看不到太阳的运行，因为我的楼前是建筑，楼后还是建筑。我看到的云景也很有限，光照也很有限。

建筑生硬地切割了空间，不仅使它削减，也使它残缺。然而我还是发现春天的空间比冬天的空间明亮了，欢快了，尤其变得温暖了。朝晖和夕阳都会入室示熙，西墙一灿，东墙一灿，也让我直观地知道了什么是早晚。

从窗口俯察下去，可以看到路缘北边的野草，断断续续，逶迤而去。其他地方，尽是黄壤，都干干净净的。凡是长着野草的地方，都比较潮湿。也许由于潮湿，才会生长野草吧！仔细分辨，野草应该是苔藓和荠菜吧！不管是什么野草，它总是一抹生机，是春天的哨音。一只麻雀落在蔓延着野草的地方，跳着，啄着，追随人类生存着，繁殖着。

明德门为唐长安城的正南之门，我所在的小区就坐落于它的遗址上。站起来，我可以顺着两座建筑之间的罅隙看到丈八东路和朱雀路。五楼并不高，不过站在五楼的窗口远眺，究竟还有其优势。

丈八沟在明德门西南方向，池水潋滟，又有茂林修竹，夏天极爽。杜甫曾经陪贵公子于斯纳凉，快乐之至。不虞风云难测，黄昏竟骤雨倾船，越女裙湿，燕女额蹙。想象这一幕，倒是颇有意思的。唐的丈八沟早就萎缩，吾辈遂不能纳凉了，不过它腾出了地方便于修路。丈八东路当然在丈八沟以东，距我的窗口也就是一百余米，行人行车，尽在视线。正月十五这一天，我数了数，一分钟之内，有人三个往返，有车十二辆往返。几天以后，我又数，还是寥寥无几。丈八东路一向车堵人拥，十分喧闹，但现在却是冷清的，落寞的。

朱雀路就是唐长安城的朱雀门街，自皇城朱雀门南通外郭城明德门，居城中央。城市劲扩，我看到的朱雀路已经延伸至明德门以外了。高楼耸立，大厦巍峨，人悬华灯以耀夜。不过华灯怎么闪烁，也有岑寂之感。

环顾左右，我看到的树只有几种。苦楝还是冬天的样子，枯枝发灰，残叶呈褐。然而它的根部有水分，有营养，它也会捕捉春天的信息。有朝一日，它必能青葱欲滴，郁郁招风。女贞冬夏皆绿，不过非常敏感。它的旧叶顶端显然萌发了新叶，卵形的，如指甲大小，又嫩，又鲜，又油，片片都很欣然。玉兰枝上尽是花蕾，繁星似的，由花萼包着。我每天都向它致礼，希望它尽快开，它每天也都在膨胀着，且一边长大，一边增白。玉兰是先开花，后生叶。也许一夜之间，它就会悄然绽放。玉兰的花将像白浪，像白玉，其芳四溢，以助春天的清明和绮丽。

一日之中，总能听见几声鸟鸣。除了麻雀，显然还有别的翔禽。趴在窗口寻找，竟是斑鸠、乌鸫和灰喜鹊。它们不定什么时候会飞到苦楝树上，又一举栖于女贞树上，偶尔也会落到地上。它们多是单独行动，或在树上，或在地上，都是觅食吧！当看到它们振翮一跃，越过白色的建筑之巅，冲向天空，要飞到它们愿意去的城市、乡村或者萋萋卉木之间，我才感受到了自由的意义，并明白了自石器时代以来，世界各个疆域的人为什么都崇拜鹰，以鹰为图腾，雕之以玉，塑之以陶，铸之以铜，并美其名曰“雄鹰”。

我有一点激动，从窗口伸出手，想摸一摸春天，够一够春天。毕竟才是正月的春天，我的手有丝微的凉意。然而我知道，羞涩的春天将迅速出落成万紫千红的春天，并将流溢山川，飘荡江河，充盈于广袤的天地之间。

困难之中，时闻艰辛与悲苦，时有牺牲，令我一再哽咽和落泪。1992年2月8日，我尝在一张纸上留下这样的言论：人应将成败、贫富、生死置之度外而生活，并悠然地接受天所降临的祸福。2020年2月8日，我在一张纸上留下的言论是：热爱生活，不管命运多么残酷和凄惨。

原载《新民晚报》2020年2月26日

精神向度

音乐之美

音乐有一种危险的美，这使我往往要规避它，不敢长时间地欣赏。

雕刻、绘画、文学、摄影或建筑也是美的，不过它们的美通常只是打动灵魂的一个部分。这些艺术形式，多蕴含种种知识，并具道德的鼓舞，当然助益精神。它们也令人激动，然而总体是平和的。

音乐异于这些艺术形式，是因为音乐尽是灵魂的颤动，并直接作用于灵魂，甚至会渗透灵魂，弥漫灵魂，完全地融化灵魂。音乐能使灵魂在一瞬之间脱离肉体，让人意识到它真切的存在，并使人看见它，听见它，触摸到它。

沉浸音乐之中，我会感受到自己的灵魂在忏悔，在净化，也在升华。我的块垒在消解，纠结在清理。久存的怨恨、嫉妒、烦恼、憎恶、委屈、羞辱，纷纷逃离，只留下了温暖和喜悦。我会产生一种难以体验的幸福，泪水涟涟，甚至失声而哭。我冥想着宇宙之蓝，竟不愿再蒙红尘，重返浮世。我的感情久呈悬丝的状态！所谓危险的美，就在于此。

并不是所有的音乐都能产生这样的感染力量。是否受到感染，不仅与一定的作品攸关，也与一定的心境攸关。然而，巴赫、莫扎特、贝多芬、海顿、柴可夫斯基、门德尔松和盖伊·斯文的音乐，似乎都有一种危险的美！

知　耻

回家恰是晚上十点半，妻子还在批改作文。灯影映着背影，背影沉在灯影之中。灯影背影，彼此宁静。

“我买了手机钢化膜，给你换一下吧！”她转过头说。

“你能贴吗？”我一边脱外套，一边问。

我的手机膜裂了，一直想在专卖店换一个，可惜没有时间。妻子要换，当然省事，不过这里难免也有问题。怀疑她是否能贴只是借口，实际上是犹豫把手机交给她到底妥不妥。

“能呀！已经给我换了，也给儿子换了。”

“那就换一下吧！”

手机交给她，我就大方地洗手去了。惦念着手机，遂潦草地洗了洗，便返回在她身边游荡，一副关心贴膜技术的样子。我知道，也并无什么严峻的问题，不过我不希望此刻忽然出现某种有温度的问候，因为这容易产生误会。

“太脏了，得彻底擦净屏幕。”妻子说着，向我展示了纱布上的油垢和灰土。

“大体清理一下就行了。”我叮咛她。

守着手机也太无聊，太尴尬了吧，遂再至书房。还没有坐稳，我就又返回，在她身边游荡。

“我给你关机吧！”她轻轻地说。

“关机也行。”我应和着说。

“看你怕的！我不会看你手机的。”妻子说着，按键关机。

“我不怕，怕什么呢！”我回答她，语气显然有肿脸装胖之感。

见已经关机，我便坦然地忙自己的事情去了。然而羞愧骤起，觉得妻子如玉，我为瓦砾。

原载《西安晚报》2020年4月23日

三至萧关

萧关究竟有多少个点，也许通过考古发现才能证实。

我第一次往萧关去，是1991年初夏。有时候我会告诉人，我是在1992年赴萧关的，这是因为1992年我去过关中很多地方，混淆起来了。

第二次至萧关是2002年春天。我带着中央电视台的一个纪录片摄制组，他们要拍萧关。我颇为不快，是遭遇了宁夏固原的薛先生。他坚持认为萧关在固原，要镜头摇过去。我带摄制组看的萧关在甘肃镇原孟庄行政村白草洼自然村。这是1991年初夏我考察的结果，并无偏见，也无私心，然而薛先生咬定萧关在固原。我觉得他的观点难免受到地域利益的牵扯，这使我失去了继续工作的兴趣，遂止步返身，归去来兮！摄制组瞠目结舌，不过这有什么办法呢？

现在看起来，萧关不是一个点。它应该是一个带，处于战国秦长城沿线上。战国秦长城遗址，甘肃镇原有，环县有，静宁也有，宁夏固原彭阳有，西吉也有。

起码在公元前16世纪，就有义渠人在今之宁夏固原及六盘山一带生活，其渐渐东移，迁居陇东，今之甘肃庆阳一带。他们属于羌人的一支，是周人的朋友，曾经一度臣服于周。周平王到了洛邑，义渠人在今之甘肃庆阳宁县立国，遂有义渠国。春秋战国以来，义渠与秦相争于陇西。公元前272年，秦昭襄王灭义渠，得其地，置陇西郡和北地郡，连接了上郡，便筑长城以阻胡。

假设萧关在战国秦长城沿线上，那么会在甘肃镇原或别的地方有它的点，也会在宁夏固原彭阳或别的地方有它的点。若如此，我和薛先生应该握手，何况甘肃镇原与宁夏彭阳本为紧邻。我在白草洼看到的秦长城，就起于甘肃镇原，跨越宁夏彭阳的山脊，向西逶迤而去。

由蓝天、白云和风所烘托的秦长城，总是引我进入战国及秦汉，使我联想到匈奴冲过萧关侵犯关中的日子。

2019年7月2日，我第三次往萧关去。

到了萧关，每每兴奋，看了看时间，是14点25分。太阳暴晒，不过风卷着白云迅疾而飞，遂会露出大片的海水一般清澈的蓝天，根本不觉得热。

我视白草洼战国秦长城为萧关，是缘于甘肃镇原的县志及我的考察。经过长期的琢磨，我意识到，也许应该在广阔的地理上理解萧关，才能准确地认识萧关。

萧关是关中的北门，它是为保卫关中设置并存在的。离开了这一点，将迷失认识萧关的方向。

战国秦长城的萧关是一个基础，之后的汉萧关、唐萧关，甚至宋萧关和明萧关，尽管防御的对象一再变化，不过来者都要破北门而进入关中。当然，来者不同，萧关的防御点也不同，这使萧关也一再发生移动。

萧关的变化颇大，但它的资料却极少。不管见诸正史还是野史，皆鲜有完整或连续的记录。然而对萧关认识的难度，恰是认识的乐趣所在。

唐诗研究专家杨恩成教授也考察过萧关，我在路上的时候，他还热情地打电话告诉我，萧关在宁夏泾源大湾乡瓦亭村。我甚是感谢，不过我知道他所指的萧关大约是唐萧关。我要看的萧关是战国秦长城的萧关，距关中远。关内道是唐的监察机构和行政区域，萧关隶关内道，而且距关中近。

唐政府在萧关布兵，旨在保护丝绸之路的贸易，因为丝绸之路的北道从此经过。

萧关在唐诗中不仅是一个要隘，也是一个沙场，更是一个意象。王维诗曰："单车欲问边，属国过居延。征蓬出汉塞，归雁入胡天。大漠孤烟直，长河落日圆。萧关逢候骑，都护在燕然。"情景交融，阔大悲壮。王昌龄有诗道："蝉鸣空桑林，八月萧关道。出塞入塞寒，处处黄芦草。从来幽并客，皆共尘沙老。莫学游侠儿，矜夸紫骝好。"志尚散逸，厌倦战争，确乎是难能可贵的表达。

萧关，不管是谁的萧关，它都以六盘山及其河谷为凭险。萧关皆在此空间，这是问题要害。

六盘山包括陇山，是关中的屏障。它狭长，略有东西之偏，几近呈南北方向，坐镇于今之陕西、甘肃和宁夏。凡匈奴、吐蕃或党项，要进入关中，多逾六盘山。逾六盘山，实际上走的是河谷。这里的泾河、清水河和葫芦河都是通道。茹河汇蒲河，蒲河再入泾河，当然也是通道。战国秦长城的修建是根据旷野、山势和水向所修建，遂不会是直的。在六盘山的范围，它大体是一带。这样，萧关也就不是一个点了。在六盘山区域，萧关应该是结块的，组团的，一块一块，一团一团的。它是天设与人造结合而形成的链状军事设施。

权力是更迭的，然而关中不变，六盘山不变。尽管萧关会随着王朝的兴衰而移动，不过无论如何，它要凭险六盘山以保卫关中，遂悉在六盘山的境壤。

萧关的中心点会在什么地方呢？不同时代的萧关会有不同的中心，这都需要考古才能确定。如果以弹筝峡或今之宁夏泾源三关口为萧关的中心，也需要考古才能确定。若认为不同时代的萧关的中心可能重叠在一起，它也需要考古才能确定。

萧关始终让我激动。一旦发现它的蓝天、白云和风，倾身黄土似的秦长城，抚摸秦长城上的草，我便想起第一次和第二次在萧关的经历，当然也会想起王声一家。

徘徊长城内外，思绪正在联翩，忽然发现长城以北的灌木丛中闪出一个老人向我招手，接着他跳下一个坎，跑了过来。

老人王志秀，七十七岁，是王声的父亲。他几乎是扑过来，拉住了我的手。也许老人无法预料我会一次又一次到萧关，盘桓于白草洼，遂一次比一次强烈地喟叹。

1991年初夏那次，老人感冒了，蹲在窑洞前。王声带我进了院子，老人态度不热，也不冷。老人的母亲还在，她走来走去，撒着玉米，给鸡喂食。王声也有了儿子，是二胎，出生三个月了。四世同堂，这在当代社会是罕见的，然而萧关有一户，便很是惊奇。

老人怎么也没有想到我又来了，第三次来，遂睁大了眼睛，盯着我，不胜感慨地说："我那孙子，当时三个月大，今年已经二十八岁了，在深圳打工呢！当年你还是一个青年！"我也很是感慨，然而不愿意流露，控制住了。

2002年春天那次，他一家人都显得比较沉闷，唯王志秀热情高涨。老人带摄制组从一孔窑洞出来，又进另一孔窑洞，让看炕，看锅，看粮缸和电灯。摄制组安排他怎么站，怎么坐，他就怎么站，怎么坐，可惜他家没有电视机，将无法看到萧关的节目。

老人显然颇为兴奋，寒暄以后便引我看他种的菜，养的鸡，看他的一孔又一孔的窑洞。他忽然就伤感地说："我妈八年前死了。我老婆两年前得了脑出血，今年又犯了，现在住院呢。"不过他的精神看起来非常好，我遂说："你身体很厉害呀!"他笑着说："瘦得很，才八十斤。"我想起他从灌木丛中闪出的样子，便问他："太阳正晒，你在树林里干什么?"他笑着说："我拾柴呢！你不知道，窑洞湿得很，夏天也要烧炕呢!"

院子增添了一孔新的窑洞，是他打出来的。所谓打出来，就是用镢头对着土崖一下一下挖，一下一下掏，三年而成。院子还造了三间瓦房，是王志秀兄弟的。我没有见过他兄弟，三至白草洼，一次也没有见过。

我在秦长城遗址到处游荡，看来龙去脉，看墙基，又看墙体，仰观诡谲的长空，又环顾迷茫的沙塞，想象秦兵当年在此怎么食宿，怎么防御。

考古促进了研究，并使战国秦长城的面目清楚了一些。秦长城的修建，目标确定，原则灵活，这便是根据地势，因地制宜。遇到平畴，就在附近取土，挖下去，打基础，再筑起来。夯层之厚往往在五厘米至十三厘米之间，宽八米左右，向上略收。其形态总体是外壁陡峭，内壁稍斜。取土之处成为凹陷，当然也作了阻止进犯的壕沟。遇到河流，遂沿岸营作，以造其墙。遇到山脊，便让塞垣顺山脊而走。我以为草滩沟一段的长城，就是顺山脊修建的。秦长城尽是土夯，没有发现有包砖的，原因大约是时间紧，制砖不易。每隔二百米至三百米，会建矩形墩台，它突出于长城，以利于箭射侧面的袭击者或强攻者。在秦长城的一些要隘和特峰处，修有烟火报警的烽燧。

老人一直跟着我，他还指了指一个林壑，大约希望我下去看一看。林壑应该是草滩沟吧，属于宁夏彭阳，其向地下倾斜，树在沟底，柯蔽崖岸，气象魔幻，幽暗不可测，我没有下去。我三至白草洼，一次也没有下去。也许我有一个伙伴，才可以至草滩沟一探。

秦长城遗址终于受到了保护，这使我感到欣慰。我对所有遗址都怀着一种深情，觉得它属于整个人类，是人类进步的见证。资料显示，战国秦长城的保护高度，一般在1米至3米之间。彭阳县人民政府在2014年8月为草滩段的战国秦长城立了碑，并在秦长城遗址两边埋桩拉网，形成栅栏。不过白草洼一边的秦长城是开放的，我爬上去，踏着秦长城丰茂的蓬蒿走了走，老人也随我走了走。

我猝然意识到应该给他照一张相，便让老人站下，随意一点。他站下了，然而还是庄严着。他问要不要卸掉草帽，我以为戴着草帽才是老人的正常状态，便叮咛他还是戴着。在我照相机的镜头中，有蓝天、白云和风，王志秀老人瘦而黑。

这一家仍保持着四代同堂的兴旺。老人有两个儿子，王声属于二儿子。老人有孙子四个，孙女一个，重孙三个。

告别萧关，归途之中，夕阳在天，只见无穷渲染的余晖映照着无尽展开的沟壑。黄色的大地苍凉一片，宁静一片，也是红光一片。

公元前166年冬天，匈奴十四万骑入朝那塞，破萧关，杀了北地郡都尉孙卬，直抵彭阳，寇关中，烧回中宫，逼向甘泉宫。长安骤然紧张，不过汉军也迅速在渭河北岸集结，有战车千乘，骑兵十万，以备匈奴。汉文帝遣三将率兵奔赴陇西郡、北地郡和上郡，坚强屯守。汉文帝还打算亲征匈奴，以群臣和皇太后劝阻，他才未去。于是汉文帝就任命了三个将军张相如、董赤和栾布，让他们率兵迎击匈奴。匈奴骚扰了一个多月，撤退而去。

朝那塞就在茹河以北，今之宁夏彭阳以西。我以为萧关就在朝那塞一带，也许就在白草洼。

黄昏渐渐降临了，不过我并无急迫之感。我很踏实，我知道长安的灯火之中有我的家。和平真是一件幸福的事，人啊，要珍惜她！

原载《北京晚报》2020年4月30日

过剩的字纸

自腊月至正月，断断续续，我一直在整理房子。几件玩好当然要打包装箱，应该谨小慎微，急不得，怠不得。然而这也不难，难的是书籍的搬运、分类和上柜。靠书籍为生，书籍多且杂，不过也终于安排妥当了。

在此过程，我发现一个问题，萦绕于心有数日：过剩的字纸。凡是写有或印有字之纸，皆是字纸，此乃先贤之呼，以指书籍和报刊。我感到字纸的过剩有两种情况，一是足有一半的书籍堪为经典，我竟尚未读过，惶恐自己的荒废；二是一些所赠的书籍，不但未读，有的还没有开封，就窝在某个角落，这怎么办呢？

我会继续读经典之作，也许可以读完自己所购的。即使读不完，转赠他者，也不羞愧，因为我毕竟给予的是经典。以此而论，这些字纸并非过剩。

过剩的字纸实际上是指这样一些书籍，不管是在资料方面，还是在思想和艺术方面，都显得虚浮和空洞。这种书籍有什么看头呢？固然如此，我遵命也读，并在会上寻找角度做出肯定。可惜这种东西甚为繁盛，有的装帧得很是豪华，这种书籍往往开本颇大，似乎欲以其异型脱颖而出，取得不朽。老子和司马迁之作都是朴素的，柏拉图和康德之作也不炫目，然而巨著只属于他们。以为豪华的装帧可以乱为巨著，不仅是制造过剩的字纸，也是一种幻觉。

以各种渠道流向我的报刊，也几近是过剩的字纸。看报纸看一下题目就罢了，偶尔才有文章可以卒读。杂志五花八门，滥言遏云，夸张其实。学术观点也常常乏新，鲜有刮目和惊喜之语。

我罕送自己的拙作给高士，是怕引起他们的不适。我没有给铁凝和莫言送过，也不送贾平凹。我和贾同居长安，上大学的时候就认识他，喜欢其散文，三十年前后还频频送他散文集，齿壮以后反倒不敢送了。当然他也不送我，因为我不做研究。我只送几个朋友，此乃传统，行往来之礼而已。刘锡庆先生曾经当面问我怎么不送他散文集，不禁惊心，回家反复想着，要尽快送，敬请他批评。然而终于没有勇气送他，先生就走了。尝为获奖送过书，现在知道那是瞎送。经常惭愧自己的文章也乏什么价值，虽然成册，也不过是过剩的字纸而已。

如何处理过剩的字纸，我真是踌躇。孔子曰："己所不欲，勿施于人。"以此原则，我不能转赠他者我不爱的书籍，除非他者有意要。视为废品见购，是浪费，更是一种作孽。扔掉报刊和书籍，使我有扔掉馒头和锅盔之感，每每不忍。逛古玩市场，看到签名之作摆在地摊，不免哀其送者，责其弃者，提醒自己既不做这种送者，也不做这种弃者。

前圣教导要敬惜字纸，古者以至20世纪中叶，县府和乡村皆建有字纸炉，以专烧不用的书籍或经卷，防止亵渎。造纸是发明，仓颉造字更是伟大，以至于天雨粟，鬼夜哭，所以传统上中国人对字纸敬畏之至，珍惜之至。当年印光法师看到中国普通百姓，甚至一些儒士以书籍为枕作榻，不净手便展卷，撕字纸拭器、包鞋或铺坐，痛心疾首，苦苦劝告。他认为，文化之传播赖以字纸，其是世间至宝，万万不可视为粪土。字纸过剩，便是有违敬惜，变相闲置，却之，也是有违敬惜。

字纸也有不足，凡表达真相、真情和真理之作，便需求极广。盼天命这种书籍行世，相信中国人对此字纸不仅不嫌其多，而且必会敬惜。

原载《文学自由谈》2020年2期

见春

这个正月以来，足不出户，更是足不出城。惊蛰过去了，清明也过去了，再度几日，便是谷雨。一旦谷雨结束，春在今年将一去不复返，永远没有了。

见春如见天，如见地，如见君子。平生还没有哪一年不见春的，正因为岁岁见春，才得喜悦绵绵。我忽然意识到不能做终身遗憾的事，遂立即收起桌子上的书、本和笔，洗脸，整装，不忘戴口罩，就上街了。

在家里我并不觉得，当然也是有认识的，不过这些认识都是间接信息的凝结。只有我看到日光下的人，不管是徐疾走着的，还是驻足站在什么店铺门前的，几乎都戴着口罩，我才有了切身的感受：世界病了。实际上这正是我一直没有见春的原因，也是我匆匆忙忙决定出门见春的原因。

可靠的经验和长期的习惯是，要获得自然的启示，希望心旷神怡，应该向南行，也许不上山，然而目标应该是秦岭。走这一线，形势多变，景色纷呈。少陵原、神禾原无不昂首雄踞，樊川、御宿川也必是草长莺飞，尤其是潏水和滈水，在滋润田野的时候，也流淌着历史的旖旎和风流。

沿途的春从来都是最亮的，也是最香的。可惜现在已经暮春三月，孟春之萌，仲春之娇，我皆错失了。不过这也没有什么懊悔的，因为居家百日，也是终身难得的体验。春乐和春忧可以兼容，它们都是人生的状态。人生只有一次，人生的每一瞬息的每一行动都只有一次，所以每个时间点都是极点，每个极点的作为都具人生的价值。虽然如此，春在并能见春，仍是我的荣幸。

见春之志迫切，遂对路边的美多有忽略，唯戴口罩的人引发我的兴趣。有的很标准，包住鼻子和嘴；也有露着鼻子，只捂嘴的；也有女孩把口罩当纱巾束在脖子上，一边呼吸着暖和的空气，一边咀嚼着薯条的。除了这种中国式的幽默，我还发现了中国式的勇敢：有架梯修缮楼面的，有绿化行道的，有开业经营餐饮、药品或杂货的，他们都戴口罩，也比较正规。生活有难度，然而不失对生活的热爱，便很可贵，也很可敬。

沿子午道骏奔而诣，迎面就是秦岭。天下之阻，远则苍苍茫茫，隐隐约约，近则层峦叠嶂，千姿百态。我并没有进谷登峰之意，何况秦岭北麓足够大了，遂只在冲洪积扇一带见春。这一带属于秦岭与关中平原的交界和过渡，当然也是秦岭的一种延伸，山有其浅，原有其亢，具地貌的复杂性和生物的多样性。在此见春，不亦宜乎！

我随便选了一条村道向前走，虽然往来也有人，不过顷刻寂静起来。白杨树在路边列队成排，树皮发白，树叶青翠，萧萧有声，反射着夕阳。这是普通至极的树了，然而我还是有一点激动，就怀抱其树，拍了拍树干，再三抚摸树皮，顿生十分的踏实和舒畅。

不料突然出现了葡萄园，想进去溜达溜达，便经一个老者的同意，侧身自栅栏入内，从而得以踏着松软的田埂欣赏刚刚萌发的葡萄芽。这里空阔，疏朗，甚至夕晖也只染着葡萄园外的丛林，也难得一种清闲，遂能仔细观察。葡萄芽并非我观念中或想象中的一种单纯的绿色或黄色，它迸裂出葡萄藤，就呈现着以紫色为主的杂糅着绿色、黄色和红色的一种混融之色，随着光合作用渐渐加强，别色消失，才偏转为绿色。那时候，葡萄园已经枝杈交横，葡萄累累了。老者脸黑，瘦削，不过确乎善良。我颔首感谢了他，并祝他的葡萄丰收，告辞而去。

一条原始的公路东西逶迤，横在秦岭脚下，也贯通了两排房子。实际上这两排房子是平堰下村，晚上返家后，我才想起2010年冬日自己曾经在此盘桓，不知道如何上圭峰山，问平堰村一个老者以后，终于循附近的乌桑峪而攀登了。平堰村变化颇大，屋舍的墙皆刷白了，临街的墙上有的题诗，有的绘画，夕照之中，焕然一新。有三个人站在干干净净的树下聊天，他们都没有戴口罩，俨然是桃花源的风度。

跨过公路，穿过两座房子之间的一个小径，向前走几十米，遂遍地是山。山谷扭曲，山头攒动，巍巍乎，茫茫乎，无穷无尽。秦岭总揽万千岑崟，大成为天下之阻。我止步于斯，摘下口罩，仰观其伟，呼啸三声，以振精神。

斜阳给秦岭轻抹了一层余晖，背光的暗，面光的明，不过草木葳蕤，尽是葱菁。虽然秦岭遍体都是翠绿，不过草木的翠绿仍有浓淡深浅之变的微妙。有几个山顶，满是一种簇生的白花，相拥而聚，便作一团一团的。白花难以艳丽，不过它独有的格调也缘于其朴素。我注意到山沟深处的一丛连翘，它的黄花亮得像铜锣在响，也像一个女生倾情的独唱。连翘开花的日子已经过去，然而它现在还灿烂地绽放着，窃以为是在等我。

忽然听到一声鸟鸣，再听便知道鸟鸣不是一声。鸟鸣近一声，远一声，低一声，高一声，草一声，木一声，石一声，土一声，此起彼伏，完全是连片的成阵的鸟鸣。其声不大，更没有丝毫的聒噪。日落岚起，众鸟归林，这不是陶渊明曾经看到的景象吗？想到此，蓦然抬头，恰有一只鸟窜出丛林，飞到空中，在它清脆地欢叫着展开翅膀的刹那，它的白羽碰上了残阳的霞光，煌然一闪，便消逝在宇宙的湛蓝之中了。

春有无限的美，然而其主流是万物复苏，生气勃勃。人类必然欣欣向荣，这是春告诉我的。

陪我见春的，是我的妻子。

原载《今晚报》2020年5月4日

关中论

我曾经自云走遍关中，指1991年与1993年之间我走了潼关、武关、散关、萧关及关中的山川、帝陵和宗教场所。那是一次雄壮的经历，强化了我的精神。

不过现在看来，所谓走遍关中，俨然韩信用兵，是以数千号称数万，难免惭愧，因为关中史迹甚繁，且一再有文物从地下毕露其形。

然而我终于再鼓勇气，再使毅力，从2018年冬到2019年夏，走了函谷关、陇关、峣关、金锁关和石门关，并又一次去了萧关、潼关、散关和武关。东西八百里寒与热，南北一百八十里风与月，脚踏兵戎之墟，心断盛衰之理，感慨纷纭！

关中是一个盆地，中心低，周边高，是喜马拉雅运动时期形成的断陷，少也三百万年了。

考古发现，此盆地至迟在6000年之前就有人劳动生息。浐水沿岸的半坡遗址出土了精美的陶器，是仰韶文化的一种灿烂。在沣水沿岸和泾水沿岸，也有面世的仰韶文化的陶器。那时候，此盆地活动着近乎四百个部落或氏族集团，明证这里是很宜居的。公元前11世纪至公元前8世纪，周人于斯创造了一套颇为灿烂的礼乐制度。孔子赞曰："周监于二代，郁郁乎文哉！吾从周。"

尽管如此，此时关中还没有出现，是指这片土地还未以"关中"名之。我不知道祖先若要交流此盆地的信息会如何呼它？叫它什么？也许仍按原始的习惯，指指点点，比比画画吧！

公元前272年，春申君，就是黄歇，受楚顷襄王派遣出使秦国，向秦昭王提议，可以建立一个秦楚联盟，一旦事成，秦国便能从容地对付韩国和魏国，其结果是："韩必为关中之侯。”也许各路诸侯早就议论关中了，不过事实是，当此之际，关中才从春申君之口诞生。书上有录，班班可考也。

好了，天下终于有了一个关中，它变成了一个舞台，英雄、美人和奸佞都会在这里表演一番，并留下自己希望的或自己企图避免的痕迹。

关中的地界一直是变化的，不同的岁月，有不同的畛域。或曰：“西以散关为界，东以函谷关为界，二关之中谓之关中。”或曰：“秦，西以陇关为限，东以函谷为界，二关之间，是谓关中之地。东西方千余里，南北近山者，相去一二百里，远者三四百里。”或曰：“东有函谷关，西有散关，南有武关，北有萧关，四关之中属于关中。”或曰：“东有潼关，西有散关，南有武关，北有萧关，四关之中当归关中。”

1913年至1928年，陕西设有行政机构关中道。其辖陕西中部，北含韩城、合阳、澄城、白水、同官（今之铜川）、栒邑（今之旬邑），东南包括了商洛，西南以秦岭为边陲。关中道容纳了武关、散关和陇关，可惜函谷关和萧关不隶属陕西，遂不在关中道。

在典籍里，关中是秦国的一个地理范畴，或是一个军事地理范畴。除了十五年的关中道，鲜见它是一个行政区划的，甚至从来不是。关中现在显然是一个历史地理范畴，以史念海的观点，它的地界应该在陕西中部，具体在秦岭以北，子午岭和黄龙山以南，潼关以西，陇山以东。函谷关和萧关皆不为关中所有，它仍缩小了。

关中覆盖有深厚的黄土，其熟化层在五十厘米至六十厘米之间。遥远的新石器时代以来，便有人在此盆地经营农业，是因为这里适合耕植。司马迁曰："关中自汧、雍以东至河、华，膏壤沃野千里，自虞夏之贡以为上田。"

关中还有水利，它不仅支持了农业，还滋润了农业文明。水利万物，也在关中得到了彰显。关中之于北方，其河流应该属多的了，主要有渭水、泾水和洛水。渭水发于甘肃渭源，其东流至陕西宝鸡进入关中，再东流，至潼关汇黄河。泾水出于宁夏泾源，其东流，经甘肃平凉和泾川，至陕西长武和彬县进入关中，再东南流，至西安以北汇渭水。洛水源于陕西定边，白于山南麓的草梁山正是它的泉脉。其东南流，经陕西志丹、甘泉、富县、洛川、黄陵、宜君、澄城、白水、蒲城、大荔，至三河口汇渭水。渭水、泾水和洛水的两岸，农业发达，人口屡增，城市也发展起来了。

渭水尤有大功，它就是关中的母亲。没有它的养育，关中将难以壮硕。渭水在南岸的支流有清姜河、石头河、骆谷河、黑水、涝水、沣水、潏水、浐水、灞水和戏水，在北岸的支流有汧水、雍水、漆水河、沮水河、清峪河和冶峪河。实际上，漆水河、沮水河、清峪河和冶峪河，统统汇石川河，石川河又在西安以北汇渭水。渭水有一个网络系统，它丰富了渭水，渭水遂得以养育关中。渭水之功，不仅是对农业的灌溉，还有交通运输和军事防御。

早在公元前8世纪，也就是春秋以来，晚在公元前5世纪，也就是战国以来，礼崩乐坏，诸侯争霸，关中的战略地位才得以突出。秦以关中为基地，发奋数百年，以统一天下。秦实现了自己的抱负，原因颇多。关中为群山所环，成天府之国，有金城之坚，也是一个重要的原因。它进可攻，退可守。攻，戈戟伸于关外，士徒据其本营。守，关中完全能够丰衣足食，安居乐业。

关中之山，南横秦岭，北贯北山。然而并不止于笼统的南北之山，因为秦岭山系和北山山系都很复杂。关中之山，是天女散花。陕西眉县有太白山，西安城南有终南山和玉山，商洛市洛南县与渭南市华州区之间有草链岭，华阴城南有华山，宝鸡城南有鸡峰山，宝鸡城东偏北有岐山，陕西岐山东北有箭括岭，陕西岐山西北有杜阳山，陕西永寿以北有永寿梁，陕西凤翔有老爷岭，陕西陇县西南有关山，陕西旬邑有石门山，陕西扶风有瓦罐岭，陕西乾县有梁山，陕西礼泉有五峰山和九嵕山，陕西泾阳有北仲山和嵯峨山，陕西富平有频山和将军山，陕西蒲城有金粟山和尧山，陕西合阳有梁山，韩城西北有牡丹山。这些山高高低低，错错落落，郁郁葱葱，苍苍莽莽，给关中以深奥之美。终南山峰峦叠嶂，是京师之镇，国之所瞻。九嵕山孤耸蓝天，遂营昭陵。

关中不仅为群山所绕，造成屏障，而且植物有茂林，有修竹，有奇花，有异草；走兽有鹿，有豕，有狐，有兔，有大熊猫，有金丝猴；飞禽有金雕、苍鹰、雀鹰、猫头鹰、啄木鸟、杜鹃、鹦鹉、柳莺、乌鸦、喜鹊、金鸡、松鸡、天鹅、大雁、野鸭，有朱鹮，也有麻雀。还有漆、棕、毂、玉、金、铜、铁。在以长安为国都的那些日子，关中的货殖之资，上则富君，下则富民，凡士无不向往。

关中具四塞之固，然而并不封闭，是因为群山之中，皆存通道。其东南有蓝武道，以达吴楚，西南有陈仓道，以往巴蜀，东南与西南之间有库谷道、子午道、傥骆道和褒斜道。其北有金锁关，以至延安。其东有潼关和函谷关，以穿过崤山，进入中原和齐鲁之境。其西北有陇关道和萧关道，经今之甘肃和宁夏，以走西域。这些通道先是经过猎人发现的，后是经过商人打开的，再后是经过征人拓展的。

关中还有渡口，其分布在黄河沿岸，它们是：禹门、夏阳、蒲津和潼关。

不管是关中的地理，还是关中的形胜，显然都适合民族的融合。此盆地广衍肥沃，为九州之上腴，农业尚矣！它又面临北方的游牧民族，他们或以战争的形式，或以迁徙的形式，或由于灾害，或由于逼迫，往往骏奔关中。两方或数方，经过艰苦的交流，也包括通婚的途径，实现了基因的融合，也实现了文化的融合。

秦汉以来，甚至春秋以来，匈奴人便反复进入关中。伴随匈奴人的，常常是羯人、氐人和羌人。陇关和萧关，当然是他们进入关中的主要通道。在关中，匈奴人、羯人、氐人、羌人与周人、秦人和汉人融合，他们也互相融合。公元4世纪，鲜卑人趁中原混乱之际，统一北方，并积极向汉人学习。公元535年，一批鲜卑人以元宝炬为头目，在关中建立政权，谓之西魏，接着是北周。这两个鲜卑人的政权，加速并深化了民族的融合，从而使中国经历短暂的隋，走向了伟大的唐。

长安是丝绸之路的起点，也意味着关中是丝绸之路的起点。基于此，中国文明与印度文明，中国文明与波斯文明，都在这里有所交汇。佛教曾经在犍陀罗受到了希腊文化的强烈影响，出现了希腊式佛教艺术。公元1世纪，佛教传入中国，这种希腊式佛教艺术也得以在法门寺石刻、草堂寺石刻和彬州市大佛寺石窟有所表现。仔细观察，某些佛教造像在五官、头发和服饰上，确实有希腊艺术的闪烁，这不也是希腊文化辗转在关中的一种播布吗？景教兴于大秦，今之叙利亚一带，至唐传入中国，盛行长安200余年，留碑一通，这不也是大秦文化辗转在关中的一种播布吗？大秦就是罗马帝国及近东地区。

原载《西安晚报》2020年7月11日

关中的日月和草木

我的目光投向关中，孜孜于资料搜集，频频进行田野调查，是自1991年开始的。

当时有一个具体任务，也不过是要完成一组系列散文的写作以成其书而已。不料关中并非那么浅显和简单，仿佛打水一桶便会见底，甚至也不是普遍认为的土气和保守，相反，它广厚、复杂和幽远，并孕育了一个长安。这便使我越陷越深，欲罢不能，直至今天。实际上这正是关中的魅力所在，也是我的幸运。

初审关中，它的每一个形胜还悉处原始状态，因为那时候的科学技术及工业力量尚奈何不了它们。

灞水潺湲，有妇女蹲在河床上洗其衣服，夕晖柔和，一片宁静。不过渭水当时已经大为污染，因为社办企业和村办企业肆无忌惮地排泄脏废之物。二十年以后，我再见渭水，它竟像得到了医治一样，污染祛除，怡然返清了。

周原三日，所行之路无不是自然弯曲的小路。有一个老人提着竹笼在坎上割草，而玉米与谷子则在阳光下迎风生长。樊川的白杨树披着晚霞，小麦吸引着露珠，而韦曲则遍务蔬菜，尤其倒扣的瓦罐里的韭黄，俨然就是一种艺术。房子比韭黄值钱，所以韭黄终于给房子让出了空间，这样，在韦曲便再也看不到韭黄和其他蔬菜了。杜甫云："韦曲花无赖，家家恼杀人。"此情此景，更是早就丧尽了。

那时候，爬华山要从西安乘下午的火车，晚上到华阴，夜里攀登，赶黎明在东峰欣赏日出，而太白山则岩壑俱寂，禽兽自在。曲江池田畴肥沃，收割了小麦遂种玉米或谷子，一条小路斜穿而过，白杨树夹道，泡桐树在望，是并没有水的。而少陵原则庄稼茂密，瓦屋簇集，村子之间也咸为小路。少陵原上唯一宽展的沥青路，大约是1974年用于备战修建的。那时候我根本无法想象，曲江池和少陵原将像现在这样大楼林立，华灯如星。

当然也难以想象，乐游原以挖掘和割削沉降了，缩小了，其低矮之势，唐人恐也会羞于登临此高而凭其望远吧！“夕阳无限好，只是近黄昏。”如斯意绪，李商隐若站在这样的一个土堆上怕也不能触发而出吧！

社会的发展一般是渐变，这种渐变难免会在几十年之间表现为一种迟滞状态，不过它也会发生突变。我出生于中国社会的一种迟滞状态时期，随着我的青年时代的勃然来至，中国社会的突变也豁然出现。我目击了这种突变，也为关中的突变一则以乐，一则以忧。乐的是城市体势宏壮，面貌鲜艳；忧的是其形胜遭到了摧残。不过我倒是希望城市的规划能注意并保存它的形胜，谨防这种突变四下扫荡。一旦形胜湮灭，长安之为国都就丧失了它的地理根据。

我对关中史迹的考察，几乎都是一身前往，每每孤独地盘桓于遗址。究其原因，除了交通不便，那时候，众生也没有旅游意识吧！经济拮据，当然也要限制出行。热闹嘈杂，人满为患，应该是20世纪末期以来才有的架势。

然而1991年至1993年，我必须一身前往。

汉陵在咸阳原九个，白鹿原一个，少陵原一个，我一次走一个。唐陵在关中有十八个，四个在渭河北岸的台地，十四个在北山，我也是一次走一个。总是从西安出发，考察一天或两天，再返西安。赶到我想看的帝陵，一般都是下午了，有时已经是黄昏。

周陵、秦陵、汉陵和唐陵，一一瞻之。那时候，唯秦始皇陵因为它在兵马俑一线还有几个人或上或下，其他帝陵几乎都空空荡荡的，于是我就孑然登临。似乎是在唐睿宗桥陵，我碰到了三个粮食系统的领导，还悄然慨叹，当官的有此雅兴，颇为难得。

关中的宗教场所颇多，我能去尽去。1992年我去了周公庙和楼观，去了法门寺、大慈恩寺、荐福寺、华严寺、兴教寺、香积寺和草堂寺，当然也去了大佛寺。

在这些地方，偶尔尚能碰到几个人，零零散散的，没有喧哗。不过我也多是进门亦一形，出门亦一影，很妙的。至香积寺是小雪甫落，像天撒白盐一般，竟无声无息。至草堂寺是大雪才停，当此之际，谁会莅堂烧香呢？我感到宁静，且利于思考，也觉得有一点寂寞。

关中周围都是山，壅塞为固，长安遂有安全的保障。不过怎么出入往来呢？隘口便是通道。当然，隘口也可能成为进犯之路。关中的隘口正是这样，于是在隘口就要设关。

先贤说："关，界上之门也。"彼此竞争，力量消长，也会引起界上之门的迁徙，从而关也便是移动的。

那时候，经过反复斟酌，我选定了要考察的隘口：萧关、潼关、散关和武关。走完这些界上之门，我用了三年时间，因为这些地方远，陌生得很，无不偏僻荒凉。前主保障安全的所在，也许恰恰是没有安全的。总之，1991年我至萧关，1992年我去了潼关和散关，到1993年我才去了武关。

不管是省道还是县道，都是接近原始环境的路。路皆沿水而行，水如何流谷绕崖，路便如何流谷绕崖，没有一条是直的。往武关去，翻越秦岭就是这样的。至萧关，从西安到咸阳一段路倒是平坦，到礼泉和乾县的路也可以，然而经永寿、彬县、长武，过甘肃泾川，至肖金镇，再到镇原，这一条路是沿着泾水河谷踏出来的，不得不在沟壑与峭壁之间起伏旋转，这使我在粉身碎骨的想象之中增长了见识。

当年我的交通工具无非是自行车、长途汽车和蹦蹦车。蹦蹦车就是机动三轮车，那时候农民常用的一种简易交通工具。我去汉宣帝杜陵，去樊川和韦曲，都骑自行车，而往关中别的遗址去则只能乘长途汽车。长途汽车通常只到县城，接着我需雇农民的蹦蹦车。有时候没有蹦蹦车，我便步行。观览周原以后，我从岐山县京当乡到扶风县黄堆乡是步行，从甘肃镇原孟庄村到萧关，我也是步行。有两次我和麦客共挤一辆蹦蹦车，确实感受了山川大地的原始风情和原始气息。凡此种种，现在一去不复返了。

2018年冬至2019年夏，我不仅又一次走了萧关、潼关、散关和武关，我还去了函谷关、陇关、峣关、金锁关和石门关。我重温了历史的峥嵘，并让创造历史的壮士和枭雄在关中得以复活。几千年的风云再汇我胸，我的精神得到了新的鼓舞和振作。

这次考察，交通工具确实是鸟枪换炮了。沿途的路不是高速公路，也是一级公路，唯至萧关有几公里仍是土路，别的地方都已是沥青路。路直，路宽，路硬，固然提高了速度，不过速度似乎也并非全部的和绝对的价值标准。旅途是单调的，我看不到山重水复，山环水绕，不但看不到山势和水势，也看不到地势。

旅途的单调还表现在看不到长满草木的丘阜和浚涧，看不到一条斜径或一面斜坡，看不到樵夫、牧者、采药人或养蜂人。黄壤裸露的崖岸，垂垂老矣之树，翙翙其羽之鸟，飘蓬、狐穴，还有蓦然沉下的黄昏，我也看不到了。

然而这一切曾经都是真真切切的景象，我皆看到了，也体验到了。发轫于二十九年以前的关中田野调查，这一番经历，也使我成了一个近乎古人的今人。好古而容今，如此而已。

原载《中国社会科学报》2020年7月24日

喜欢小麦

离乡入城几十年，我目击并感受着一个巨大的变化是，城进乡退，田野的小麦距西安越来越远了。

也曾经迁移过几个地方，不过我总体居住城南。1979年我至吴家坟读书，出了校门，随便向什么方向走几十米，便能看见小麦。1984年甫在北大街工作，钟楼在望，距省政府和市政府当然皆近，不过骑自行车一个小时，也能看得见小麦。

西安踞关中，周边尽种小麦。城南的乐游原、少陵原和神禾原，还有樊川和御宿川，更是宜种小麦，要怎么看就怎么看，方便至极。遗憾小麦现在撤离了，要见一见还比较麻烦。

前年看小麦，不得不跑到浐河西岸。去年是往沣河东岸看小麦的。今年看小麦，到了子午谷附近的台沟村，这里已经位于秦岭北麓。冲洪积扇，高亢有余，肥沃不足，小麦似乎稀疏薄弱了，然而毕竟是金黄一片，聊胜于无。探询打听，才获悉小麦种在这里，且需乘汽车行三十里或四十里才看得见。

城南的台地和洼地，无不厥土黄壤，颇为膏腴，合适耕植，所从来远矣！可惜这一带现在不种谷子，不种玉米，也不种苜蓿、白菜和萝卜，当然也不种小麦了。

小麦是关中乃至中国北方的主要农作物，谓之细粮。普通所食的馒头、锅盔或各式各样的面条，都以小麦为原料。没有小麦，日子是要忍耐的。这些都是常识，实际上也不必我啰唆。

我对小麦的喜欢，除了它的使用价值之外，还有审美价值。对我，也许小麦的审美价值是大于其使用价值的。当小麦金黄一片的时候，我一看小麦，总会产生一种情感上的喜悦和满足。

虽然我一直没有完整地耕植过小麦，不过我经历过它的生死。小麦的种子一般是仲秋播下，几天以后它便萌芽长叶。白露为霜，枯叶摇落，而小麦则使田野葱翠一片。接着越冬，不过即使在冰雪之下，它也仍会分蘖。一旦立春，天气渐暖，小麦遂迅速向稔。其返青、拔节、孕穗、扬花、灌浆、结实，一个动作连着一个动作，终于发展到麦穗、麦茎、麦秸和麦叶都慢慢变色，以至金黄一片。

我总是在这个阶段往田野去，以看一看小麦。此间不热不冷，天蓝而云白，掠过无边无际的小麦的风属于熏风。若是夕晖空明，更有蝴蝶及其他飞蛾围绕着小麦翩翩起舞，或蹦或跳，似乎是一种祝贺的仪式。这个时候，我特别愿意踏上田野的小路，让海一般的小麦四下延伸。我会涌现一种奇妙的体验，觉得自己是在欣赏一件艺术作品。如此壮丽的艺术作品，属于人类与自然相互作用的创造，是神圣的劳动所赋予的。

意识到小麦在新石器时代，从底格里斯河和幼发拉底河流域出发，逾越葱岭，穿过河西走廊，进入中国，我更是咨嗟不已。

小麦收割以后，田野便只剩下了麦茬。麦茬遇到平畴就休息，遇到斜坡就攀缘，这使麦茬显得甚为旷远，乃至无垠。麦茬在阳光下是白的，在月光下也是白的。昼夜尽白，是永恒的境界。

原载《光明日报》2020年8月21日

寂寞和凄清的日子近了

我的朋友买房，往往会选在高楼的上面几层，甚至顶层。望着悬空几十米，乃至百米的窗灯，我不免忧愁，因为云端从来都是鸟类的领域。

人类初为穴居，现在发展到天居，不能不承认它的厉害。

我所住的也是高楼，不过要了一层，本本分分的。一层贴地，有草木，当然也有蚊子和苍蝇。自春天我便进行思想上和物质上的准备，以防蚊子叮，苍蝇嗽，然而夏天已经到头，我还没有看见蚊子和苍蝇。这使我诧异，甚至隐隐感到一种惊悚和惶恐。

蚊子显然无骨，不过群聚众鸣，其声也会轰然如雷。它叮颊，叮耳，叮鼻，叮唇，叮手，叮脚，叮肚子，总是单独行动，尽管如此，也难以对付。

小时候，我在农村，向长者学习，掩门闭户，火烧艾蒿，浓烟滚滚，以熏蚊子出屋。读大学，是集体宿舍，便置了帐幕，专挡蚊子。

我还有一种打击蚊子的方法，是几十年经验的总结，用起来颇为快乐。察觉墙上、门上或暖气管上落了蚊子，企图伺机咬吾，我就窃笑。我把电灯一开一关，迅速开关，反复开关二三次，三四次，以使蚊子困惑或玄幻。当是时也，我过去突拍一掌。翻手一看，保证其毙命。唯一遗憾的是，会留下血迹或灰痕，不过战胜蚊子的快乐，总是油然而生。可惜今年竟没有蚊子，我也英雄无用武之地了。

经常出现的苍蝇大约有饭苍蝇、麻苍蝇和金苍蝇。金苍蝇应该就是青蝇吧！

营营青蝇，止于樊。

岂弟君子，无信谗言。

周人的诗，就是这样率性、质直和诚恳。以苍蝇入诗，显然是觉得苍蝇也具审美价值吧！实际上日本人也有以苍蝇入诗的。如果日本人以苍蝇入诗可能是受了周人或唐人的影响，那么希腊人以苍蝇入诗，甚至乐苍蝇，颂苍蝇，便是苍蝇奇妙的一种审美价值在世界上的普遍反映吧！

受儒家文化的影响，中国人每每让苍蝇扮演了奸佞的角色。陆机曰："不惜微躯退，但惧苍蝇前。"鲍照曰："食苗实硕鼠，点白信苍蝇。"高适曰："若将除害马，慎勿信苍蝇。"尽管如此，苍蝇是不失其审美价值的，否则不会入诗。

终于有科学指出苍蝇的危害，特别是它会传染疾病，遂使苍蝇变成了人类彻底讨厌的昆虫。凡是食物，一旦有苍蝇飞临，一般都会扔掉。房里来了苍蝇，不赶走，不打死，决不罢休。这也是我长期养成的习惯，然而今年不必赶，也不必打了。

化学制剂是蚊子和苍蝇的绝种工具，也许没有任何一个世界领袖诏命使用它，不过人类显然已经自觉地使用了。不管城市还是农村，都以化学制剂诛杀蚊子，讨伐苍蝇。蚊子和苍蝇在进化过程中已经具有强大的生存能力，不知道它们是否会躲过人类之劫?

虎狼是大型动物，属于猛兽，人类在速度、体力和撕咬方面都敌不过。

狼比虎似乎更喜欢侵犯人类，尤其是它饿了的时候。1970年以前，关中农村还有狼。狼曾经趁家长忙活，叼了一个孩子，匆匆而逃。不过邻居发现了，一呼百应，大街小巷的男男女女全体行动，又追又喊。狼就放下小孩，沮丧而去。这个小孩是家中亲戚，我奶奶便再三以此事警诫我，劝我晚上窝在家里。狼吃小孩不成，遂吃猪，于是猪圈的墙上就布满了用石灰画的圆，或在墙上挂铁丝环和藤条环。奶奶说：“狼怕索，狗怕摸。”显然，虎狼有过困扰人类的历史，并把惊骇刻在人类的心上。

不过虎毕竟败了，狼毕竟也败了。

人类用智慧把虎狼从自己生存的区域驱逐而遁，从而取得了一种安全。人类不仅驱逐了虎狼、其他大型动物，凡可能侵犯人类的熊、狮、豺、豹，也一一退出了人类的领地。

一些小型动物，包括蚊子和苍蝇，虽然不直接伤害人类的生命，但它们却能造成间接的伤害，人类也会使其覆灭。是的，为什么不呢？

人类足以凭智慧，尤其是技术，征服一切大型动物和小型动物，起码会把它们从人类的生活范围赶走。人类厉害之至，遂能独霸天下。

虱子是寄生的昆虫，繁息于畜类的身上，也繁息于人类的身上。凡家养的猪、羊、牛、马，它都喜欢附倚。由于吸血，它会传染疾病，即使到不了传染疾病的程度，也会引起皮肤的瘙痒。

畜类抵抗虱子的方法非常有限，不过是抖肉或甩尾而已，以抛掉虱子。但人类抵抗虱子的方法却不一而足。简单的，捉住，用指甲盖压死它。若藏在发根，就用篦子梳出来弄死。对藏匿在衣缝的，便用开水烫死。人类觉得这种物理的方法笨拙，遂发明了化学制剂，各种各样的药。

好了，虱子毁泯了。

随着蚊子、苍蝇和虱子消失，跳蚤、蠓虫、萤火虫、蚂蚱和蟋蟀，似乎也都消失了。即使还没有消失，也逃之夭夭，就像虎狼似的，退出了人类所生存的疆土。

人类有聪明的脑子，又有凶悍的性格，不仅贪婪，而且自私。人类以这样的方式行事，长此以往，是否会因为搅乱了动物界乃至自然界，给自己带来出乎意料的报复呢？纵然不会构成致命的危险，独霸也会招致寂寞和凄清吧！

推开窗子，杂木成荫。夕阳之中，鸟鸣，蝉鸣，我甚感生存的踏实。然而，我偶尔会想，也许寂寞和凄清的日子近了。

2019年8月7日，窄门堡

男人在何处

学校有一个自助餐厅，供老师用，每位十八元，显然注入了一些福利，颇受欢迎。

选菜的时候，女老师选取得十分仔细，往往夹一片，不够，再加一片，不够，就再加一片。其动作规矩、轻微和优雅，仿佛月光下的小舞步。

我选菜的习惯是，目光投下，瞅准，夹其一撮至盘，放置厨具，继续向前，以保持流畅的秩序。

遇到这种选菜的小舞步，我便感到焦急。可惜又不能逾越而取，遂跟随于后，以环顾餐厅的风光转移焦点，暗示自己耐心勿躁。

在我散漫的视线里，或坐，或站，或动，或静，几乎都是女老师，不禁自问：男老师都往哪里去了？

这个自问一旦闪烁在思维的天空，女人的身影便频频而出：街上多是女人，高铁上多是女人，飞机上的女人也越来越多。商场里也多是女人，多是女人卖，又多是女人买。书店里转的，阅的，多是女人。酒吧或茶馆，女人也越来越多。在医院里，救死扶伤的，多是女人。银行和邮局，当然多是女人。尤其重要的是，论坛上的女人也越来越多了。在教育界和传媒界，即使不是女人的天下，女人也早就占有半壁江山了。

由自问“男老师都往哪里去了?”立刻上升到自问：男人都往哪里去了？男人在何处?

尽管世界上的权力现在还多由男人掌握，然而女人也在纷纷掌握权力，并且日益加速。

过去三千余年以来，世界上最有权力的女人寥寥无几。中国不过是汉高祖皇后吕雉、汉和帝皇后邓绥、唐高宗皇后武则天和清咸丰皇帝的妃嫔叶赫那拉氏。埃及是女王哈特谢普苏特，拜占庭帝国是查士丁尼一世皇后狄奥多拉，西班牙是女王伊莎贝拉一世，俄国是女沙皇叶卡捷琳娜二世，英国是伊丽莎白一世女王和维多利亚女王。这些女人获得权力的途径要么是性关系，要么是暴力，要么是阴谋，稍微体面一点的是继承，并无特别的光荣。

随着社会的发展，女人依据合法途径获得权力的机会大为增加。尤其21世纪，不满二十年，世界上就出现了十余个女领袖。我必须不厌其烦地指出：韩国有女总统朴槿惠，尼泊尔有女总统比迪娅·德维·班达里，印度有女总统普拉蒂巴·帕蒂尔，泰国有女总理英拉·西那瓦，孟加拉国有女总理卡莉达·齐亚，乌克兰有女总理尤利娅·季莫申科，新西兰有女总理海伦·伊丽莎白·克拉克，智利有女总统维罗妮卡·米歇尔·巴切莱特·赫里亚，巴西有女总统迪尔玛·罗塞芙，克罗地亚有女总统科琳达·格拉巴尔-基塔罗维奇，波兰有女总理贝娅塔·希德沃，瑞士有女总统西蒙奈特·索马鲁嘎，挪威有女首相埃尔娜·索尔贝格，丹麦有女王玛格丽特二世，德国有女总理安格拉·多罗特娅·默克尔，英国有女王伊丽莎白二世和女首相特雷莎·梅，欧盟有委员会主席乌尔苏拉·冯德莱恩。她们获得权力的途径基本上都是合法的，多是投票选举，有的是继承而来，不过继承也属于合法吧！

女人在世界上加速掌握权力，标志着男人地位的衰落。也许是男人地位一种相对的衰落吧！这可能是工业文明以来，甚至是农耕文明以来，人类发生的巨变。生产方式促进了这种巨变，而女人接受教育的程度则推动了这种巨变。

实际上男人并没有往陌生的宇宙空间去，他们仍处在过去所处的地方。他们过去怎么样，今天基本上还是怎么样。女人更活跃，更明亮，也更艳丽，而男人则显得沉默、黯淡和忧郁，也容易消失吧！不过也存在着一种可能：女人真的会全面接管这个世界，试试看吧！

如果真的出现了这样一个社会，女人是否应该善待男人，因为男人即使是项羽或拿破仑，也多蕴藏着孩子的脾气和元素，甚至他们就是永恒的孩子。

很多发现都是在不自觉和无意识之中完成的。女老师小舞步式的夹菜动作，竟让我如此敏感，也许要挨骂了！

2019年8月1日，窄门堡

我什么都不是

我一直都是一个矛盾的人，跨界的人，混并的人。我之所历所劳一再反常，走的尽为歧途。

我什么都不是。

我呱呱坠地，家庭结构就有问题。父亲当工人，领的是月薪，母亲做农民，得的是粮食。父亲进进出出，留着分头，戴着手表，穿着皮鞋。一年四季，衣服都是中山装，上有两个口袋，下有两个口袋。母亲扛着铁锨，走向田间，放下锄头，围着灶台。草帽遮颜，汗流浃背。

我的户籍在村子，当然属于农民子弟。不过我脸白，手净，衣服换洗颇勤，虽然混打混闹于庄稼伙伴之中，但我却仍是庄稼伙伴之中特别的一个。吃夹心糖或奶油糖是平常的，偶尔也吃五颜六色的颗粒糖。雨天上学，我的同学多是身披麻袋，而我则打伞。1973年，我一次拥有了两双懒汉鞋，白塑料底子，黑布面子，有椭圆形的松紧带，穿上脱下都极为方便。懒汉鞋从北京流行至长安，何曾离开过阳春白雪之足！我竟登着它遍行少陵原的小路，引来的目光遂有惊诧、羡慕和嫉妒。

我难免会随父亲至他的工厂住几天，高耸的烟囱，漂亮的橱窗，水龙头、林荫道、传达室，兼有刺探与怀疑的眼睛，令我十分孤独。父亲上班了，我躺在他的蚊帐里，交织入耳的法国梧桐上的秋风声和偶尔爆响的关门声或钥匙转动的开门声，会使我想起爷爷、奶奶和母亲，便悄然流泪。

我尝狠学犁地、撒种、套车，甚至赤脚光背，披衫挽裤，以向庄稼人靠近。我也尝在口袋里装着圆镜，照着它正帽顺发，并把自己订的报纸插在书包的夹带上，方步而行，仿佛一个干部，以向城里人靠近。终于，在乡下，我不像乡下的少年，在城里，我不是城里的少年。

自初中开始，我就有志于文学，但大学录取却并不照顾志愿，硬划我进了政治教育系。秩序为重，个性为轻，其来尚矣，谁会一一征求学生的意见并成全他的所想呢？

可惜我很执拗，不肯就范，遂身在此，心在彼。我的同学无不孜孜于政治教育专业，起码专业课的成绩不能偏低，以防毕业以后影响分配工作，但我却不顾专业课，坚持把更多的时间用在了文学上。背诵诗歌，抄文章，做小说的读书笔记，有了感受，便写散文。往中文系去听先秦文学课、美学课和世界文学课，虽然坐在教室的角落，不过聚精会神，状如狼吞或虎咽。

春秋几度，我的大学没有一天不是这样念的。我显然是游移的，分裂的，缺乏明确的归属。在政治教育系这里，我不像政治教育系的学生，在中文系那里，我不是中文系的学生。

现在我执教于一所大学，此乃学术研究的园地，一个人的价值主要是以论文和项目体现的。论文黑也罢，白也罢，只要通过各种途径能刊发权威杂志，就是伟大了。项目方也罢，圆也罢，只要摘得国家项目，就是光荣了。一个人有权威论文，有国家项目，其奖金会多，职称晋升会快，学术地位会高，学术活动会繁。象牙塔里的游戏规则如此，要玩便得如此玩。于是衮衮教授就无不在忙论文，忙项目，组织学术活动，主持学术活动，并互相组织，交叉主持。虽然学术都消失在活动中了，不过通过活动，产生了匆匆的身影、熠熠的称号，实现了鸟枪换炮！从事这种游戏，除了难以产生真正的学术流派和宝贵的学术思想之外，什么都能得到。可惜在这样的一个园地，我既无论文，又无项目。我不算学者，虽然我也是教授，但我不务学术，只有散文。我一以贯之，有了感受，遂写散文。我把历史融入我的散文，为了求真，每每遍查典籍，考察田野，拒绝丝毫之错，然而我非学者，务的不是学术。

实际上我对马克思的著作非常喜欢，曾经像背诵诗歌一样背诵他的作品，遗憾我终于深受孔子的影响，想当一个君子。我推崇西方的个性，也欣赏东方的秩序。我固然喜欢孔子，也敬仰老子。我希望有自强不息的精神，也向往出世无为的境界。我进取，也知足，知止，甚至知退。我对恶权甚为激愤，然而在文化上倾向于保守。想做陶渊明，也想做杜甫。喜欢鲁迅，也喜欢周作人。喜欢歌德，也喜欢托尔斯泰。喜欢马尔克斯，也喜欢米兰·昆德拉。我爱耶稣，不过未排斥释迦牟尼。我信仰主，做礼拜，做祷告，不过并没有受洗。

我什么都不是，唯所历所劳有一点掣肘，一再反常，从而不得不用别样的角度思考才能生存。我是矛盾的，跨界的，混并的。我不知道自己怎么成了这样的人。我什么都不是。

原载《北京文学》2020年8期

刘路先生

教我的老师很多，我都认。壮齿以来，日益懂得老师也是人，不能苛求。我也是老师，我也是人，或优或劣，总希望自己的学生不要不认我。此乃人之常情，容易理解。

老师起码可以分为两类：上过他的课，他是老师；没有上过他的课，他是老师。我在陕西师范大学读书数年，实际上并没有上过刘路先生的课，然而刘路是我的老师。凡是我的朋友，无不知道这一点。反倒上过其课的老师究竟有谁，他们或不清楚，猜也难免猜错。不过我的老师我都认，见了面一定会叫老师，不叫老师不敢寒暄。

我这几十年，叫刘老师是叫得最频繁的，也叫得最坚实，刘老师当然指刘路。我的生涯再三得到刘路的帮助和支持，我感谢他，认他。我认他，既包含了他教我，帮助我，支持我，又远远超越这个角度和范畴，虽然我并没有上过他的课。

刘路的能力具复合性和纵横性，不过他开始是以文学鸣世的。七十岁以后，他的作品仍涌流着三十岁的那种才华。他曾经认为贾平凹的小说和散文并茂，仿佛是农业上的间作套种。在写作上，刘路出小说，也出散文，更出评论，成色每每具足，他也属于间作套种。1982年，他毕业留校，以其作品的功力和影响，在中文系教写作。此间他主编写作辞典，办写作报，各有光辉。大学的发展，特别需要专业之士出山，于是刘路就征授电教影视中心主任。至2000年，成立新闻与传播学院，为首任院长。他是一个投入了自己全部热情和精力的院长，岁月催颜，执事伤神，在我的瞻瞩之中吾师衰矣！路遥、陈忠实、贾平凹、邹志安和薛保勤悉为刘路的至交，当年他们不仅同志，而且共学并适道，可惜小说在大学不算学术成果，遗憾路遥和邹志安早就英华摇落，陈忠实也走了。幸有贾君和薛君，虽然迟暮，而健朗豪迈，而志在千里，尚能追忆过往烟云，偶尔雅聚，遂击掌畅怀。

人是以快乐为原则活着的，工作之余，或远足，或读书，或登山，或喝酒，或逛博物馆，或跳广场舞，不过都是在烦恼和苦涩的日子里寻找快乐。刘路也有快乐的途径，然而以济拔青年于困境，扶其上马，呼其奔向理想之界，似乎是他独冠的一条途径。这样做，成功了，他便得意扬扬，产生莫大的满足感和幸福感。援以机会，搭以平台，授以钱财，也许他已经忘了，不过得到他帮助和支持的青年，即使眉毛白了也不会忘。

赵某从中学起便有作品发表，只是严重偏科，高考落榜，一而再，再而三。刘路不忍其沦倾社会的边缘与底层，遂经一番运筹，让赵某带上自己的作品集，并约上自己的父亲，到西安来。赵某的父亲是渭河北岸一家煤矿的工人，对孩子可否升学读书，完全无奈。刘路清楚招生政策，也还有门，便携赵某及其父亲面见招生部门的领导，举荐赵某是才子，有作品为证，虽然高考分数不行，盼以特殊方法录取。两位领导也是仁者，彼此商量之后，当场拍板，录取赵某进陕西广播电视大学。刘路像自己中举一样激动，一手按赵某之颈，一手按赵某父亲之颈，让他们向领导鞠躬致礼，当然他也感谢了领导。尽管是专科，不过专科念完还会升为本科，赵某向上的通道就这样开拓了。

钱某是刘路的硕士研究生，善良，平和，大有学问，论文优秀，读了三年，毕业了。入室弟子，当然甚亲。钱某说："我父母都在农村，若回家工作，不会有什么可以发挥能力的单位。"刘路一遍又一遍地用食指按着自己的下巴，沉吟着说："我来想办法，我来想办法。"他便面见一家广播电视局的副职，带着钱某的论文向其推荐，还巧，有名额，遂让刘路留下了材料。然而途中有变，副职通知刘路，招聘权力上移了。刘路就又带着钱某的论文面见正职，恳恳介绍自己的学生。精诚所至，神明也为之感动，何况正职。这些副职和正职也皆是贤者，颇具梧桐栖凤之志。钱某有为，是刘路的卓越门生。

刘路当院长的那些日子，有一天，李老师向他报告，班上出现了一个奇怪的学生，凡事抬杠，跟同学抬杠，跟老师抬杠，在宿舍抬杠，在教室抬杠，他在哪里，哪里空气就紧张。刘路问："是谁？"李老师说："孙某。"刘路便让孙某到办公室来，问他，有什么院长能做的。孙某突然大哭，泪流满面。孙某家贫不堪，一月的花费，除了国家补助的几十元再无其余。卑微在胸，又不甘于卑微，遂以情绪的对立，言语的对立，表示自己的存在。刘路喟叹良久，觉得孙某的本质是洁白的，决定资助他。刘路的工资也不过二千元，他打算每月给孙某一百元，这样孙某的花费每月就有一百余元，基本上可以得体地生活了。刘路资助了三年，直到孙某毕业。为保护孙某的尊严，刘路总是一次给他一年的花费，避免为取钞票每月一见。

刘路经历过窘迫，感同身受，遂对世人充满了同情、怜悯和慈悲。刘路支持我，帮助我，也如支持帮助他的所有学生，甚至有过之而无不及。

刘路的个性有趣而丰富，魅力若玉的润泽一样聚之于内，发之于外。他身材颀长，驻足于众，往往便成了鹤立鸡群的风景。他的肢体语言多彩多维，以其达意，不可胜用。年头岁尾，常有燕俎，此乃中国文化也。若入陌生厅堂，刘路就背墙面客，颔首微笑，俄顷便有半长半老之士围拢过来招呼，随之惊叹，接着他就转换为嘉宾的中心。若处故旧之间，刘路必是始居中心，终居中心。握手要三摇两摇，肩膀当拍便拍，当搂便搂，喝酒或应令而干，或自己举杯，一一动员，以尽其兴。人有瑾瑜，刘路会到处夸奖，亲疏同视，不藏其善。人有瑕疵，他也论之，然而评价有度，恪守公允。也有得罪了他的，固然鄙夷其劣，但他却能避让一席之地，保留其面子。事有不如意，不合理，无情，无义，他便隐忍。刘路是豁达的，也是坚韧的。

我二十二岁结识刘路，欲跟他学习写作。他慷慨之至，给了我宝贵的指导。他的写作经验，旋为我取，免除了进步的曲折。尤为难得的是，他的智慧像春山秋水一样吸引着我，拜之，随之，忽忽交游三十余年，总有一日不离之感。行在世上，遇到刘路，是我的红运。保重，我的先生！

原载《陕西日报》2020年9月10日

秋色里的春色

9月1日开学上课，是规定，也是俗成。然而今年特殊，能否像往年一样照常进行，谁也不知道。

我居校园，每天会沿着外墙的内道走一圈，用时大约一个小时，是散步，也是观风和思考。

春天的时候，教室几无灯光，图书馆也贴了封条。学生不在校园，仿佛树没有叶子，钟没有声音，杯没有酒，难免顾盼茫然而伤感。夏天到处是花，然而空旷和清寥越发显得成阵的香气是一种自作多情。我一再问自己，学生能进校园吗？能开学上课吗？

终于有了通知，已经在册的学生自8月25日至30日分批报到，2020级的本科生和研究生在9月上旬和中旬分批报到，而教师则在8月28日在线上报到。因为学生的出现，校园顿然有了活力，我走来走去，也不觉抖擞了精神。

生活不得不改变了，然而生活仍是生活，生活仍在继续。学生云集校园门口，背着包，推着箱子，保持社交距离，一一接受扫码，体温测量，刷卡，就进校园了。学生往教室去，往图书馆去，往实验室去，往食堂去，都要戴口罩，并在各处接受扫码，体温测量。学生如此，老师也如此。有一次，一个教授进超市购物，忘了戴口罩，负责安全的一位女士侧身而推，一节一节推他下了台阶，我忍俊不禁，竟看得笑了。见女生或男生戴口罩不合规矩，包着下巴，露出嘴和鼻子，我遂心生反感，想到了可恶的形式主义。生活打上了时代的烙印，然而生活也坚韧地保持着它的风度。

秋光颇为体谅，它不燠，不烈，从湛蓝的天空倾泻而下，让校园变得明亮且澄爽。杉树黛绿，柳树葱绿，梧桐树碧绿，而银杏树泛黄，而枫树渗红，而南天竺发紫，而白杨树萧萧作响，而松树永远苍翠。除了这些乔木和灌木以外，还有草，还有花。植物互相辉映，构成了足以欣赏的美的秋色。

学生到了校园，空旷和清寥的气氛便为之一扫。他们是秋色里的春色，更可欣赏，更美。总是这样，早晨八点以前，下午两点半以前，从住宿之地至教学之地的所有路上都会涌动学生的身影，或步行，或骑单车，或打伞，或听音乐，轻快，矫健，生机勃勃。在这个时候，或在别的什么时候，建筑之间或宽或窄的小道上，树林之中或直或斜的小径上，也就有了来来往往的学生，徐疾如意，由事情或由自己。闲置了一个春天和一个夏天的石桌上，也有了伏案读书的学生。“妈妈驿站”一带尤其繁荣，快递小哥会从后门送来寄件，学生便从前门取走。学生很多，主要是学生的邮件，当然也有老师和家属的邮件。粗看聚集一片，细看绝无拥挤，而且基本上都戴口罩。他们言语不多，嗓音也不高。生活如此，渐渐形成了一种也不惊慌也不急躁的秩序，好像这一茬学生历练着，将要拒做晚熟的人。

9月第一个周的星期五，我第一次上创意写作课。在一个间隙，也是突如其来，我向我的学生分享了自己的一个心得。我说：任何一个人的生命都有上线是父母，也有下线是子女，其出乎血缘，归于祖国，所以要热爱生命，因为你的生命不仅仅属于自己。

原载《新民晚报》2020年9月18日

合欢树

中午，我一边打电话，一边回家。走近住宅的时候，我收了手机，舒缓着气息。悠然抬头，蓦见楼旁的一棵合欢树绒花盛放，美如飞霞。

我不禁止步，静静地欣赏了一会儿。

少陵原上，我的祖居很大，分为前院和后院。后院尽是杂木，葱葱郁郁。前院种槐，种桐，也种有石榴和牡丹，是农耕之户难得的一抹风雅。尤为欣喜的是，一棵合欢树凌空展枝，总是不失节候地用它的绒花让燕子把夏天带到我的生活之中。

早晨，祖母乐于坐在合欢树下剥葱，摘豆，濯米熬粥，或缝缝补补。太阳落了，月亮巡天，星光闪烁，祖父会卸下门板，支撑作榻，睡在合欢树下以乘凉。父亲星期三的晚上从工厂返乡，往往会用自行车带一个西瓜。在水桶里凉一凉，便嘱母亲切成牙子，招呼老老少少，共尝其鲜。祖父祖母先吃，之后是吾辈小孩，接着才是父母。

在1968年至1973年的那些日子，我家三代人，计有八口。虽然也会拌嘴吵架，甚至挥拳动脚，不过长幼有序，天伦存焉。合欢树见证了一个农耕之户的生机和热闹。

看到小区一隅的合欢树，难免想起我家的合欢树，几乎一样粗，一样高，绒花也一样昼开夜合。唯有一点，我家的合欢树在少陵原上，云流风畅，遍野庄稼，大蝴蝶，小蝴蝶，翩跹而至，蜜蜂起落且轻吟低唱，是有情调的。

我家前院的合欢树毕竟是材，遂被伐倒，做了器具。这也罢了，常痛我心的还是蕉村被拆迁了，我的祖居也被拆迁了。实际上更让我难过的是，在我的视线里，祖父走了，祖母也走了，我可怜的弟弟也走了，我的父母都走了。

异乡的合欢树啊，为什么要触动我所掩藏的和规避的？

为什么要让我想起不愿意想起的事情?

仅仅是这些吗?不!合欢树告诉我:中国的农耕文明消亡了,农耕文明所有的生活方式、家庭结构和亲戚关系,及其以此为基础所形成的人伦道德,都在涣散,以至消亡!

2018年6月10日,窄门堡

冬天来了

一旦秋深,黄叶便飞,似乎终南山的寒气也逼近了明德门。我关窗闭户,感觉还是冷,就加衣,加裤,并思量着穿一双棉拖鞋。

在房子里游走,低头之间,恍惚看到母亲在老家的院子抱柴烧火,父亲仿佛踮着脚为门帘缝布以增厚它。冬天来了,我应该回家,问一问他们还需要添置什么防寒的东西。

这样想着,蓦然举目,只见灰云蔽日,一片曛色。我可能是瞬间入梦了,因为父亲已经逝世七年,母亲也逝世两年了。

我的眼睛顷刻湿润了。我不知道这表示什么，遂合书于案，神飞遐迩。

2018年11月5日，窄门堡

嫁　女

女大当嫁，人类遂得以生息和繁盛。

我女大了，当然要嫁。

我曾祖父有七女，她们是我的七个姑奶奶。

小时候，我随祖父多次往姑奶奶家去走亲戚。祖父是探望他的妹妹，我是胡逛，图热闹，想吃肉和菜。

在长安，过年、过会，要走亲戚的，颇有气氛，可惜我既不看姐姐，也不看妹妹。我与姐妹的关系既不如祖父跟他妹妹的关系密切，也不如父亲跟他妹妹的关系密切。对此，我很难过。

我大姑奶奶嫁在四府村，她育三子一女；二姑奶奶嫁在蕉村，就是生我养我的聚落。周宣王囚杜伯于焦，士无罪而杀之。此焦大约在少陵原上的蕉村一带，“蕉”是“焦”之变也。二姑奶奶育二子三女，不过20世纪50年代她便逝世了。我尚未出生，没有见过二姑奶奶。然而亲戚关系仍在，过年、过会，还有往来。我四姑奶奶育五子一女，她嫁到了新和村。姑爷爷是一个医生，以膏药治肿治疮，妙手回春，令名远播，可惜其技未传。我六姑奶奶嫁至新寨子村，育三子两女。七姑奶奶嫁到了裴家崆村，她育一子三女。

我三姑奶奶嫁在夏殿村，五姑奶奶嫁在西安南关。她们命运不济，死得早。她们都生有子女，遗憾亲戚关系断了，即使大节，也没有什么往来。

我祖父有二女，所以我有两个姑姑。大姑姑嫁至西姜村，她育一子三女。小姑姑嫁到了裴家崆村，跟我的七姑奶奶同居一村。她育三子，无女。

我父亲有二女，一为我姐姐，一为我妹妹。姐姐嫁至韩家湾村，育一子一女。妹妹嫁到了3507工厂，育一子。她们受制于政策，子女皆少。即使政策不限，一定就多生如我的两个姑姑或七个姑奶奶吗？也未可知。

我有一子一女，此福矣！吾女2017年嫁至南京，不过她跟良婿在北京发展。朱家的姑娘，她是最具文化的一个，也是嫁得最远的一个，不过我放心。朱家的姑娘在相貌和品质上素具一以贯之的特点，然而她的出息甚大。

嫁女当然应该有一个仪式，以使此事产生某种庄严感和纪念性。我请朋友都来喝酒，他们欣然而往。朋友皆交游了几十年，贾平凹也来了，并赠书一幅，发表感言。

嫁女乃喜事，不过我仍是感慨万千，并非一味高兴。在为我女祝福的时候，我恭颂我所知道的数辈朱家姑娘的本分、勤劳、贤淑、坚毅、智慧和贡献。我的观点非常传统！我希望朱家的这个姑娘也能够承担兴家旺族的责任，并渐成一个姑姑，一个姑奶奶！

女大不嫁也是有的，虽然我无权利反对，不过我还是认为，女大当嫁顺乎自然，也是人类的需要。

原载《散文》2020年9期

盼子子孙孙 有明月的眷顾

中秋节一年一回，如期而至，是宇宙运动的见证，也是它壮丽的循环演出。当此之际，我会习惯成自然地想起小时候故乡的中秋节。

实际上也非常简单，不过是每家每户的妇女烙其月饼，到了晚上，便由长者摆放至庭中的条桌上或方桌上，大大小小一片，并以方物土实为献，谓之祭月。也不必懂得祭月的意义，只是在田埂的野草里挖雪蒿以作月饼的装饰，起面，配馅，烧火翻之以后，从铁锅里散发的月饼的麦香和菜香，尤其是长者陈列月饼的悦然之态，就是一种难得的熏陶。

大约五岁左右，我见过这个场面，以后再也未见，是因为它断然消失了。尽管如此，我印象存焉。

人是直立的，也可以俯察山川河流，也可以仰观烂然星阵，颇为自由，遂胜出了其他动物。狩猎、游牧和农耕，岁月万千，而人则在这些活动中发现了日月的重要和奇妙，便拜之，以求日月赐人吉祥。

世界各地都有日神和月神，这显然是原始信仰的产物。中国神话的日神是羲和，月神是望舒和嫦娥。希腊神话的日神是赫利俄斯和阿波罗，月神是塞勒涅。日神就是太阳神，太阳神似乎更匆忙，更热烈，但月神却更温柔，更多情。

塞勒涅爱上了俊少年恩底弥翁，遂请宙斯让她的情郎永葆青春。然而恩底弥翁无论如何也是凡人一个，不可能长生，于是塞勒涅就退而求其次，以让她的情郎久久沉睡，这样恩底弥翁便不会死，也不会离她而去。多少世纪以来，希腊神话的月神每夜都从天空探望自己的俊少年。俊少年沉睡着，而月神则总是忧郁的，不禁一副愁容，现在仍是如此。

此间，中国人以羊彘祭月迎寒，中秋之夜，击鼓鸣磬。仪式为礼，隆重盛大。皇室祭月，民间也祭月。不过有圣贤播下了以人为本的种子，遂在公元7世纪以后，出现了赏月活动，并衍生了祝福家庭团圆和祖国升平之意，而祭月则继续进行。

资料显示，是唐玄宗推动了中秋节的风俗。以往也有中秋之慨叹，然而唐玄宗当朝，才起例八月十五于宫中赏月。唐玄宗本是喜欢热闹和奢华的主，不难猜测他的中秋节宴飨之丰，歌舞之幻。风俗之布，总是自上而下的。唐以降，中秋节便渐渐定型，贵族过，庶人也过。

在历史上，中秋节并包着祭月。也许祭月属于迷信吧，遂于20世纪60年代晚期遭到革除。但嫦娥奔月一类的故事却能顽强地流播，这也足以欣幸了。

唐人作诗，频频以月为意象表达自己的情思。实际何止唐人，何止中国人，月之意象是世界通用的。古人的诗里从来就有轻洒的月辉，然而唐人对月辉最敏感，最动念，月确乎激荡着唐人的胸怀。唐诗三百首或五万首，处处闪烁着明月、满月、残月、江月、海月、蒲月、桂月、春月和秋月。

唐诗还有一个非常重要的特点，吟咏八月十五之月，以反映中秋节。唐之后，抒发中秋之月的文章越来越多，而唐诗则是其滥觞。杜甫诗曰："满月飞明镜，归心折大刀。转蓬行地远，攀桂仰天高。水露疑霜雪，林栖见羽毛。此时瞻白兔，直欲数秋毫。"漂泊了几十年，杜甫也想不到自己竟在夔州过上中秋节。羁旅艰辛，还家迫切，但他却不甘地死在了归途的船上。白居易诗曰："昔年八月十五夜，曲江池畔杏园边。今年八月十五夜，湓浦沙头水馆前。西北望乡何处是，东南见月几回圆。昨风一吹无人会，今夜清光似往年。"江州司马，贬官时期，中秋节当然是凄凉的。

唐人到底还是年轻，遇到挫折就喊痛，尤其要借中秋之月倾诉自己的苦，精神多少是脆弱了。杜甫如此，白居易如此，李白也如此。宋人毕竟齿长，遂有精神的旷达和超脱。范仲淹说："不以物喜，不以己悲。"这种道德境界必然会影响苏东坡。他也是坎坷的，然而中秋望月，苏东坡道："但愿人长久，千里共婵娟。"兄弟数年未见，彼此相思，应该聚，不能聚，很难受的，但苏东坡却一扫哀伤，从而以善良的愿望孵出自慰和自得，显然是高了。

宋人之于唐人，不仅多了经历，关键是有哲学，追求内圣，开拓了灵魂向上的通道。宋人的哲学谓之理学，性即理。

至15世纪，明人徐有贞词曰："中秋月。月到中秋偏皎洁。偏皎洁，知他多少，阴晴圆缺。阴晴圆缺都休说。且喜人间好时节。好时节，愿得年年，常见中秋月。"徐有贞博学大才，积极进取，位至内阁首辅，其功业隆于李白、杜甫和白居易，也重于范仲淹和苏东坡，然而他先遭迁谪，忽受审讯，继之流徙，骤遇赦免，最后获准冠带交游。宦海沉浮，使他深刻地体察了生活的忧乐。中秋对月，当然会忽略什么阴晴圆缺。也许他觉得，能对月就已经够了。这种淡然的态度是锻炼出来的，是对自己的和解，对社会的和解，对天地的和解，也是对命运的和解，此中也弥漫着哲学的意味了。常见中秋月，我同意。

从祭月到中秋节，中国人经历几千年。它已经升华为一种精致的文化，其融合着敬神意识、修仙意识、故乡意识、审美意识，其推崇家庭之兴，强调祖国之安，它所催生的想象力也导致了各种各样的艺术作品，包括神话、文学、音乐和绘画。可惜光阴把它带入了互联网和城市化的空间，农耕收缩，三代同堂减少，高楼取代了庭院，而眼睛则总是盯着或宽或窄的屏幕。怎么使中秋节过得有趣味且有意义，在今天还真是一个问题。

中秋节聚敛着丰富的文化信息，继承其传统，并注入创意，盼子子孙孙有明月的眷顾，不亦君子之向往乎！

原载《今晚报》2020年10月3日

金锁关

关中向北的通道，大势在子午岭和黄龙山之间。洛河穿梭其谷，多少指引了人的往来。通道南端为金锁关，北端是延安。

黄土高原创造了无穷无尽的丘陵和沟壑，其疏松易塌，不利车战，也不利骑战。10世纪以前，这一带罕有规模巨大的征伐，原因大约在于丘陵与沟壑的阻挡。

不过也并非绝无烽火，公元291年，在马栏山就发生了一场攻守战。西晋赵王司马伦是司马懿的九子，这一年官拜征西将军、开府仪同三司，镇守关中。以其刑不公，赏不平，招致氐人和羌人的反叛。北地太守张损阵亡，别的吏卒也多殒身。张光任北地都尉，率百余人守卫马栏山北麓。氐人和羌人气焰嚣张，非除灭张光及其部属不可，包围了百余日。张光对士徒又安慰，又鼓励，并一再用计袭击。司马伦被征召回了洛阳，张光终于盼来西晋梁王司马肜所遣征西将军索靖领兵支援，士徒无不悲泣。彼此协同抵抗，突破了包围，遂得以归长安。

建金锁关有一个漫长的过程，大约在1127年以后，女真人欲得天下，北宋既亡，南宋甫立，这时候才产生了金锁关的意思。王庶时任鄜延经略使知延安府，节制陕西六路军马，奋力反击金兵劫掠关中。他是宋政府一位尽职尽责的人，见金兵离开关中，东行而去，遂令宋军驻扎神水峡，以断金兵再返关中之路。孙子曰：“兵者，诡道也。”确实如此，金军旋踵又回关中，以犯永兴军路，就是以关中为重的一个行政区划。我以为在神水峡以武力守卫，从而阻挡金兵的举措，孕育了筑金锁关的想法。

可惜之后二百余年间，关中先在女真人手上，后在蒙古人手上，设金锁关是没有意义的。

选一个隘口，造金锁关，当是在16世纪明世宗执政之际。虽然有长城，不过蒙古人还是会南侵，延安一带屡遭其寇。俺答汗是明蒙古土默特部的首领，其控制范围抵达长城，不仅以武力之威胁要求开放贸易，也觊觎关中的富饶。

张珩任陕西总督，主张修金锁关，以作防御。虽然营构金锁关是张珩的建议，不过他并无机会予以实施。

1546年，明世宗认为张珩对蒙古人的反击败多胜少，但他却以捷闻获得赏赐，属于欺罔，遂定罪谪戍。任延绥巡抚的张子立也以欺罔之故，谪戍边塞。

资料显示，置金锁关是1553年。

金锁关有城，以崖作垣，以岩为壁，夯土之墙颇少。其门有三，一在同官河西，一在搬转山或女回山南，柳林河北，一在搬转山或女回山东，淌泥河西，皆以石砌。金锁关立有巡检司，属于部队的基层组织，不过其隶耀州。

尽管士徒守卫着金锁关，然而一旦有农民起义军进攻，它还是显出了自己的脆弱。1630年，一队起义军从宜君冲过来，破门入城，杀了巡检司的王廉。三年以后，张献忠率众克金锁关，激愤之中，放火烧城。

转瞬之间，清取代了明。也许康熙皇帝觉得金锁关作用不大，竟同意金锁关的守备驻耀州，似乎要撤销这个基层组织。果然，1677年或1678年，废金锁关。

明金锁关遗址只剩下了一些痕迹，它在陕西铜川金锁关镇。山是群山，路有三岔，谓之三岔道口。人不多，车也不多，不过车比人多。蝉鸣一声，更显金锁关之静。

夏天的阳光还不到酷热的程度，不过也需要觅阴处行了。街道宽有两车，左是店铺，右也是店铺，可惜十有九歇，冷冷清清。

从西安到这里，共用三个半小时，已经饿了。走进唯一开张的餐馆，在门口向里环顾，看到活动的人仅是老板和老板娘，他们正相互配合，分割其肉。老板娘拿着一块肉向老板的刀下推，老板抬起眼睛向门口略作扫描，便低头挥刀向肉，其肉遂裂。看起来难以进食，遂退出餐馆。因为还有别的选择，所以才敢退出，若当地独有这一家餐馆，怎么也得吃！人就是这样，可上天，亦可入地。

我一边向铜川市金锁中学走，一边给冉老师打电话。

他是朋友介绍的，教地理，对铜川地域文化颇有研究，我希望他指示一下金锁关。他一笑便露出两排白牙，很是清新。

他引我走了几步，靠近三岔道口，便面向群山说：“三岔道口或三关口，就是这里。没有如此险峻的形势，不存在金锁关。”

他回头指着洒满阳光的街道说：“这条路从金锁关通西安。”又转身指着偏西北方向的一条路说：“它通宁夏和甘肃。”又摇足指着偏东北方向的一条路说：“它通延安。金锁关主要是对延安一带进行防御的，因为从延安一带，过了黄河，就是山西，山西以北，就是冀州，幽燕之地。从宋到明，从10世纪到17世纪，北方对中原始终存在着一种压力。”

冉老师指着群山的几个高峰说：“靠北的这座山是女回山，也就是搬转山；靠东的这座山是马栏山；靠西的这座山是仲家山。三山雄峙，成为天堑，置一个金锁关非常合适。”

冉老师缓了一口气，才指着女回山下向南流的一条河说：“这是同官河，水并不大。它是由偏东的淌泥河和偏西的柳林河交汇而成的。相激之处，正是三关口，或是三岔道口。”

冉老师今年三十二岁，是铜川人。我感谢了，便凭着自己的兴趣寻寻觅觅，他也返校开会了。

我上了马栏山，见林壑草丘，绿色酝酿着绿色，连绵不断，广袤无边，让人顿觉旷敞。鹰在白色的巉岩一鸣，振翮而飞。没有陪伴，是一只孤独的鸟。我不禁想到了3世纪，北地都尉张光。他曾经在这里抗胡百余日，不亦壮乎！马栏山，也就是马兰山。

遥望女回山，无风无云，唯有深邃的可以使灵魂陷入的蓝。天蓝得厉害，仿佛宇宙融化了。

范喜良新婚之中，为衙役所抓，押他往边塞去修长城了。孟姜女思念丈夫，又怕他衣单受冷，乃至边塞见范郎。岂料丈夫死了，他的尸骸也埋进了长城。她悲痛不已，连嚎三天，竟哭倒了长城。白骨露出，累累而积。孟姜女设法认出自己的丈夫，用衣服包裹了范郎回家。到了梁山上，口干舌燥，哀苦之至，流下了泪水。真是神奇，泪水落到地上，黄壤渐湿，忽然化为清泉。孟姜女喝了泉水，精神倍增，便继续回家。

陕西宜君的哭泉镇，就是对她感天动地出现神奇之事的纪念。然而，秦始皇震怒，因为孟姜女哭倒了长城。一队衙役追踪而至，要缉拿她。她刚爬上一面坡，便看见几个衙役向她跑过来。很快就回家了，怎么能被抓呢？何况还有丈夫的尸骸。孟姜女猛地一扭，一座东西向的山便移成了南北向的山，那些衙役也都消失了。女回山或搬转山的名字就是这样产生的，其中不仅蕴含着人民瑰丽的想象，也凝结着人民强大的意志。

铜川黄堡镇有孟家塬村，2018年6月7日，我曾到过这里。孟家塬田畴木茂，鸡在啄食，人谓孟姜女之故里。

实际上我一直在想宋的遭遇，觉得宋弱，宋悲惨，宋不幸。陈寅恪说："华夏民族之文化，历数千载之演进，造极于赵宋之世。"是的，宋词，宋画，宋书，宋之理学，共同养育了一种高雅的精神。这种高雅的精神，甚至在日常的世俗生活中也有浓厚表现，从而俗不失之高，俗寓于雅，俗也有趣，俗也不俗，处处涵濡着一种文化修养，并使中国文化得以继续提升。遗憾宋缺乏强大有效的军事系统，遂不得不弱。

宋自其诞生之日起，便面临着北方的抢占、蚕食或吞并。北方寒冷，比不得中原和长江流域的土沃物阜、时和岁稔，也比不得宋的经济发达。这样，北方对宋的战争就难以避免。

辽是契丹人的政权，立于公元916年，早于宋。至公元979年，辽与宋以贸易摩擦，发生战争。打了几十年，终于和议，相约彼此为兄弟之国，宋为兄，辽为弟，不过兄向弟岁输银十万两，绢二十万匹。

1038年，党项人李元昊自谓皇帝，自号大夏，宋呼其为西夏。宋以边藩视党项政权，一旦李元昊独立，宋便兴师问罪，从而战争发生。断断续续，共有五次战争。然而还是会和议的，结果仍是宋予以西夏银、绢和茶。

宋与辽的冲突尚未结束，宋与西夏的冲突也尚未结束，当此之际，女真人的政权——金，出现了。

女真人在10世纪附属于辽，1115年，其攻辽的黄龙府得胜，宣布为金。宋与辽竞争，金背叛了辽，那么宋跟金完全可以联合起来夹击辽了。这符合逻辑，宋跟金也如此策划并行动，遂灭了辽。

果实如何分配，宋与金也有协商。辽亡以后，宋要收回以前所失的土地，就是收回为辽所窃取的土地。宋也不亏金，宋会将过去给辽的岁输银和绢转赠于金。然而金认为宋打辽的南京，今之北京西南一带，并没有得胜，不同意宋收回应该收回的土地。几经交涉，彼此相约：宋对金岁输银二十万两，绢二十万匹，又别输一百万缗，派使者祝贺金主生日及正旦，设置贸易市场。金对宋交割燕京之地。

宋和金显然已经不睦，何况彼此之间还有其他麻烦。有一个张觉，是辽的官员，投降了金，不过又为辽工作，金欲逮捕他，但宋的燕山府却收留了张觉。虽然金终于讨之并处死了张觉，不过金对宋还是不满。燕人马植，就是一改姓名李良嗣，再赐得赵姓的赵良嗣，在代表宋和金讨论夹击辽的时候，曾经答应给金糗粮二十万斛。金索之，宋不许，金对宋又是不满。于是金就兵分两路进攻宋，包围了汴京。

依照故事，议和吧！这一次，宋给金的钱物更多，而且割去了太原、中山和河间三镇，尤为屈辱的是，宋尊金为伯父，还要以宋的亲王为质。尽管苛刻至极，宋也咬牙接受了。

不料包围太原的金军，竟以宋金和议的规定为援例，提出非分要求，并使之合理化、合法化，实际上这是勒索。宋责金败盟，搁置和议，并令太原、中山和河间三镇固守，随之调兵驰援。金又以宋无信为由，再困汴京。宋钦宗往青城去议和，金军竟扣押了皇帝。接着，金劫掠了大量财富，掳去了宋徽宗、宋钦宗、赵氏皇族、妃嫔、朝臣及百工技师。此谓靖康之变或靖康之难！岳飞曰："靖康耻，犹未雪，臣子恨，何时灭！"靖康耻，指此事矣！

历史学家认为：宋徽宗和宋钦宗北囚，是北宋的结束；宋高宗南渡，是南宋的开始。

金存灭宋之心，遂在1127年出师陷中原，对宋高宗疯狂追逼。在这样的背景下，金将完颜娄室率众进攻陕西。金军从河中府，今之山西永济一带，急渡黄河。其受到宋军阻击，遂改变地点，从韩城踏冰而入，过了黄河，连占同州和华州，破潼关，突袭永兴军路。永兴军路这一宋的行政区划，大约东起今之河南三门峡，西至今之甘肃庆阳，南自今之陕西山阳，北到今之陕西吴起。完颜娄室陷永兴军路之后，得意扬扬，鼓行而西。

宋臣王庶为鄜延经略使知延安府，节制陕西六路军马。金军占领长安以后，宋的尚书户部侍郎钱盖，传檄王庶，令其兼领环庆兵和泾原兵，当然是给他更多的权力和责任。金军在长安抢夺一番，企图顺渭河而东。王庶发现金军车载马驮，走得慢，可以奇袭。他令环庆指挥王似和泾源指挥席贡出兵，可惜这两个人都不想受王庶节制，没有出兵。王似和席贡不从王庶之令，泾原统制曲端更不从王庶之令。

金军希望迅速陷延安府，便整合其部队，奔向鄜延路。王庶在坊州，今之陕西黄陵一带，获悉金军的去向，便收纳游勇，夜赴鄜延路，发奋遏止。不过金军颇为狡黠，并未直接进攻延安府。其先绕道丹州，今之陕西宜川，占领之后，接着再奔向鄜延路。此间，王庶命曲端至耀州会合，共同对付金军，然而曲端也没有来。王庶率兵赶到陕西甘泉一带的时候，金军已经陷延安府。

在这个时候，王庶考虑到金军再返关中的问题，遂令宋军毁桥，又指示刘延亮屯兵神水峡，以阻金军的归路。这个时候，大约是1129年。筑金锁关的理念，应该源于此。

从宜君流到金锁关的淌泥河就是神水峡。天兵带着七仙女回天宫，牛郎追赶，要留住自己的妻子。王母娘娘拦挡他，手一挥，作了一道虹。遮禁牛郎的虹化为水，便是神水峡，不知道何年何月，它俗成了淌泥河。

穿过一片树林，我看到了神水峡。我从此岸踩在石头上，跳到彼岸，又从彼岸踩在石头上，跳到此岸。神水不大，只是又细又薄的一绺，自高处向低处，曲曲折折的，滑来，又滑去，上不见其头，下不见其尾。阳光灿烂，遂无明灭之幻。神水显然还清，在拐弯的地方一聚，形成一个潭，便见小小的鱼，黑色的，速游如纵。鱼能在黄土高原的边缘翔于神水，我真是诧异。

水流之处，全是石头。不是小石头，也不是大石头。石头卧在水下，水过石头，是遍布的水流。水流之处，是巨大的石头所构成的完整的河床。不知道水流了多少世纪，不知道过去的水究竟有多么深，多么急。总之，水已经磨损了石头，它坑坑洼洼，裂缝，窈陷，崩缺，有的发黑，有的发黄，极尽沧桑。

宋将刘延亮屯兵应该就在这一带，可惜十二年以后，金兵还是夺得了神水峡，并把宋与金的界线推到了淮水至散关一线：其南是南宋，其北是金。

神水峡在群山之中，对面就是女回山。在它坚硬的峭壁上，仍保存着陕西巡抚或别的什么人慨叹天堑的颂词和赞语。其词当是石头的本色，即使风化了也会有一种美。不过今之高士用红漆涂饰了它，遂产生了脱颖而出的力量。

明的金锁关，还有几堵土墙耸立着。一截残垣断壁，几乎已经平于地面，并生长着杂草，不过它能证明这就是明金锁关。1553年的这些土墙，在山河之间、草木之中和日月之下，仍回荡着一种通过武力要求和平的强音。

1208年，南宋与金再二再三地进行了议和，结果是不仅追加了岁币，而且确定南宋与金的关系是南宋称金主为伯，金称南宋皇帝为侄。我必须指出："是可忍也，孰不可忍也!"然而宋弱，还得忍。

不过北方以远，有蒙古人迅速崛起，这似乎是草原上一股新的风暴。西夏见势，便聪明地做了附属，终于投降，为蒙古人所亡。金已经霸道久了，蒙古人遂进攻金，夺得它的土地，包括它过去所夺得的宋的土地。宋和金曾经夹击辽，现在有了机会，宋和蒙古人又夹击金。不过风暴般的力量究竟是蒙古人的，遂在1234年灭了金。到1271年，忽必烈宣布元立。当此之际，宋就危险了。

虽然北宋已经嬗变为南宋了，元仍要独尊天下，不给南宋留下丝毫的空间。南宋也有英雄，并顽强抗战，誓死保卫南宋。遗憾南宋的皇帝一换再换，至1278年，登基的是六岁的赵昺，谓之宋末帝。元军不断进攻，南宋大臣不得不携宋末帝不断迁移。宋末帝逃到广东的崖山，元军也追到了广东的崖山。这里背靠峻岭，面向大海，皇祚闪闪烁烁。

南宋军和元军决战大海，厮杀激烈至极，而元军则占上风。1279年三月十九日，左丞相陆秀夫守护着宋末帝，坚决避免被元军掳去。怎么办呢？陆秀夫哭了，拜了拜幼主，便把黄金国玺系在腰上，背起七岁的宋末帝奋身一跃，跳入大海。此消息很快让大臣、将士和皇亲知道了，大约有几万人绝望而泣，也纷纷跳入大海，南宋亡。

宋弱，宋悲哀，宋不幸。宋的结局，我想一次，心疼一次，不知道已经心疼多少次了。

元的残酷统治，导致了红巾军起义，1368年，元被推翻。明立，不过明也会亡的。

生存永远是一件艰难的事情。命运由天掌握，然而奋斗是必须的。也许奋斗，天还会予以保佑。

原载《解放军文艺》2020年10期

同学康炳贵

康炳贵是我的大学同学，以病六十三岁亡。惋惜之至，然而也终于无可奈何。

1983年，陕西师范大学政治教育系有八位同学申请支援边疆，至西藏工作，炳贵为积极分子。在联合教室举行的欢送会上，他代表一起远行的几位同学发言，有一点起誓的意思。武国玲老师的主持充满振奋之情，而炳贵则声震瓦屋，很是激昂。他的人生价值蓦地显得重了起来，光芒一闪似的，瞬间照亮了脚面。八年以后，炳贵享受政策，回到西安。

炳贵1979年考入大学，那年，已经有了未婚妻。他是陕西大荔人，上了大学，户籍便转至西安，可以在城市吃商品粮了，不过其未婚妻的户籍仍在农村。当时有大学生废黜农村未婚妻，或休其糟糠之妻的，然而炳贵不。

再返西安，他们生育了一儿一女，其妻的户籍问题也解决了。他在西安食品工业公司获得了一份工作，只是薪资偏低。有一天，我在西关王家巷碰到炳贵，非常偶然。在惊喜于他的凯旋之余，我问："你到这里忙什么？"他挥手指着一个院子里的两层楼说："单位没有房，我租了民居。"他笑得比较勉强，松弛的两腮也泛起了一些沮丧。生活就是这样的，从来各有其艰，得意的总是个别据重之徒，然而天命莫测，都不要狂。

我猜炳贵的祖上是康国人，属于昭武九姓胡。昭武九姓胡多以国为姓，安万善是安国的，曹善才是曹国的，米嘉荣是米国的。他们沿丝绸之路至长安，各觅自己的生存空间。世有变乱，遂四散而去。康国人擅于艺术，康昆仑、康遒都是宫廷乐师，唐萨陀是在长安活跃的画师。胡旋女跳舞甚美，为康国所贡。炳贵身材高大，巨目挺鼻，耳阔而倾。不唯如此，他还好唱歌，好唱戏，唱起来往往声情并茂，忘乎所以。同学相聚，他也总是欣喜不已，欢快有加。他存浪迹四海之趣，否则不会少栖西安，便又独赴拉萨。有几次半夜打电话，我“闻”到了酒气，感到他是在歌舞厅里。这些年他归去来兮，久寓在家。虽然齿长，不过其旷荡放逸之气并未收敛。他祖上是康国人吗？有这个可能。

炳贵具单纯且善良的秉性，深受左右喜欢，但他却终于未能远寿，我甚是困惑。不过这也是常常发生的事，其神秘不可知，非吾辈所能考索。

既然如此，炳贵，请安息吧！

原载《阳光报》2020年11月6日

关中诸关

陇　关

陇关在哪里？我要往陇关去。

我所知道的陇关在陇山上，不过陇山是峰岭的一个聚群，苍苍莽莽的，岂可瞎撞。有一个设关保界的高岗，非常具体，谓之关山。

我往陇关去，实际上是要赴关山。

一部地方志指出，陇关置于关山之巅，遗址在其东坡的洪家滩。我往陇关去，当然是要觅得洪家滩，迎风走一走。登关山，会有幽情吗？不可知也。

陇山盘踞在今之宁夏、甘肃和陕西之间，尽管它也是拔地而起的一堆石头，然而陇山并不平凡。典籍里所谓的陇坻、陇坂、陇头或陇首，皆指陇山。陇山久为骚客所咏，并反复出现于10世纪以前的歌谣里和文章里。

在长安城，皇帝面南而坐，其东为左，其西为右。张衡说："右有陇坻之隘，隔阂华戎。"

古者认为，居于中土的是华夏，而戎则在西方，遂有西戎之称。在历史上，西戎也是变化的，大约指最早的昆仑、析支、渠搜，及以后的羌、氐、匈奴、吐蕃、吐谷浑、党项，也指突厥吧！西戎多以游牧为生，兵强而凶。幸有陇山，它分开了中土和西戎。陇山之所以重要，是由于它起到了屏障作用。

朝发明德门，以至陇关。汽车比马快，更比牛快，此乃工业社会赋予的速度。出西安，过宝鸡，再过千阳，下午两点十分到了陇县。

陇县以东是关中平原，以秦人在此奋斗数百年，建立了自己的基业，也呼关中平原为八百里秦川。陇县以西是陇山，其南其北，咸为陇山。陇县有陇山环其三面，千河斜穿而过，形势甚为峻崎。

千河者，汧水也，发源于岍山也。毕沅说："陇山，汧水所出，故谓之汧山。"

稍作休整，遂西行五十里，至固关镇。仰观陇山，只见层峦叠嶂，深林葱郁，顿生无穷无尽之感。灰色的云是宁静的，偶落的小雨也很宁静。

陇关在哪里？怎么登关山？这种自问一直发作，不到陇关，它一定还会发作。

羌人本生活在今之青海、甘肃和四川交界，青藏高原当是其故乡。湟水一带、洮河一带及岷江上游，都是他们游牧的疆域。为了丰饶之草，他们也会出谷过河，到处游牧。

应该是图谋向东发展的羌人，踏出了陇关道。牧野之战，周武王推翻了商纣王的统治。周武王的联军里就有羌人，他们当是从陇关道进关中的。

秦人原居东方，是商之臣。周取代商，秦人不免抱怨并怀恨。一旦得到机会，便要参加反周的叛乱。周人懂礼，可是周人也会报复。为惩罚秦人，周公命其迁至西方，他们就居西犬丘，半游牧，半耕作。西犬丘在今之甘肃礼县，属于周的西陲。

有秦非子，善于养马，受到周孝王的赏识，便让他为周王室服务。汧渭汇处，水清土沃，是周的草场。周孝王令秦非子在此养马，以战西戎。秦非子不负周孝王之盼，养马颇为成功，周孝王遂赐地，邑之秦，让其做附庸，并复续嬴氏的祭祀，号曰秦嬴。

秦邑在今之甘肃清水，也可能在甘肃张家川，其东便是陇山。

秦人显然是踏着羌人的足迹向东发展的。公元前776年，秦襄公沿着陇关道入关中，在今之陇县东南，营作汧邑。

几年以后，秦襄公护送周平王移跸洛邑，以功得封诸侯，获岐以西之地，遂有秦国。

公元前762年，秦文公在汧渭之会建筑其城；公元前714年，秦宪公迁都于平阳，今之宝鸡陈仓；公元前677年，秦德公迁都于雍，今之宝鸡凤翔；公元前424年，秦灵公迁都于泾阳；公元前383年，秦献公迁都于栎阳；公元前359年，秦孝公迁都于咸阳，卒以关中为基业，统一了天下。

必须指出，陇关道的方向是汧水河谷，陇关道当然是逾越陇山的。

也许羌人因为汧水才创出了陇关道，而秦人则踩着羌人的脚印取得了关中。也许秦人便是沿着陇关道至西陲的，而沿着陇关道再返中土则是其广远的志望。秦人性格的独特在子子孙孙不忘雪耻、不忘复正，并能累功积智，发愤崛起。

原住河西的月氏人和乌孙人受匈奴的压迫和驱逐，斗不过，自己就走了，走了也就忘了自己的羞辱和悲惨，再也不返故乡了，更没有还击匈奴的信念。秦人厉害，月氏人和乌孙人都不如秦人。

秦始皇初阅天下，选了陇西郡和北地郡，这也就包含了陇关道，然而他似乎并未走陇关道。百年以后，汉武帝巡狩回中，择陇关道而行。经陇山那天，恰逢天雷滚滚，十分惊异。为纪念此事，便改陇关为大震关。陇关就是汉家所置，汉武帝改一改，也可以理解。

大震关在9世纪被安戎关取代，大震关遂为故关，安戎关为新关。安戎关在10世纪又被咸宜关取代，安戎关遂为故关，咸宜关为新关。取代的规律显示，新关一再回收，一个比一个靠近关中。

陇关道上的战争难免发生，尤以突厥和吐蕃犯唐及唐的反攻为惨烈。

突厥曾经借兵给唐，以助唐取得天下，不过突厥从开始就一再寇唐。公元622年夏天，突厥首领颉利可汗率兵数千骑，经灵州，过原州，从六盘山东北破大震关，进入关中，冲向长安城。秦王李世民率兵百骑，从容迎敌。李世民对颉利可汗说："我秦王也，故来一决。可汗若自来，我当与可汗两人独战；若欲兵马总来，我唯百骑相御耳。"以常理，彼此相搏，以少抗多的难度颇大，而李世民则要以百骑对数千骑。颉利可汗不知道深浅，引兵而退。

吐蕃甚为强悍，更是唐之巨害。实际上大震关主要就是阻截吐蕃的。

吐蕃远在青藏高原游牧，7世纪东移，渐接唐境，并频频犯边。安史之乱以后，趁唐有难，实力削弱，遂加速侵略。

公元763年，吐蕃先占据了河西，以至陇西，接着陷秦州和成州，顷溃大震关，旋围泾州（今之甘肃平凉泾川一带）。高晖任泾州刺史，悚然投降，并为吐蕃引路。吐蕃便掠邠州，掠奉天，掠武功，从司竹园渡渭，循终南山向东以攻长安城。危险至极，唐代宗不得不奔陕州避患，而唐官吏则四处藏窜。

幸有唐将郭子仪，其收合散兵，屯于商州，以等待时机。吐蕃得京师，立广武王李承宏为帝。是可忍也，孰不可忍也！郭子仪整编唐军，直抵京师。有王甫者，唐之旧将也，其聚拢长安城一干游侠恶少，在朱雀门街恣肆击鼓，狂造声势，以配合郭子仪的行动。吐蕃不禁惶恐，狼狈而逃，唐军遂收复长安城。高晖惊闻吐蕃败退，便率三百骑东跑潼关。叛夫向来难以善终，高晖当然也为关守李伯越所杀。见京师安全了，唐代宗便辞陕州，返太极宫。

虽然吐蕃撤离了长安城，不过野心未死，遂在秦州和成州继续经营。公元769年，吐蕃兴师，欲攻灵州（今之宁夏吴忠一带）。当时李抱玉为凤翔节度使，李晟为右军都将。李抱玉遣李晟率兵五千打吐蕃，李晟说：“以众则不足，以谋则太多。”他想了想，表示愿带兵一千奇袭吐蕃。李晟出身行伍世家，性格雄烈，善于骑射，李抱玉便同意他带兵一千。李晟疾出大震关，长驱临洮。这里有定秦堡，是吐蕃得意的据点。李晟领兵猛冲上去，屠剿定秦堡，焚其积聚，活捉了指挥慕容谷钟，乘胜而还。吐蕃见丧定秦堡，遂弃灵州而去。

还有一事发生在大震关，颇为有趣。安禄山的叛军占领长安城以后，匪首高嵩带兵到陇山一带来，准备过此往陇右去活动。陇右采访处置使郭英乂胸有成竹，计划灭贼，但他却假装慰劳，请其吃，请其喝，很是热情。高嵩自以为威风，忘乎所以。唐军埋伏一隅，见高嵩吏士陶醉于酒肉，一声令下，骤然而发，尽俘其徒。

陇头流水，鸣声幽咽。
遥望秦川，心肝断绝。
陇头流水，流离山下。
念吾一身，飘然旷野。

战争总是伴随着苦难和牺牲。古者之诗，尽诉中土之人西出陇关的辛酸和孤独。不管是征伐还是行役，陇关道上的日子都不平安。

陇关在哪里？怎么才能顺利抵达洪家滩呢？

我很幸运，陇县固关镇马道护林检查站的余钦先生愿意带路上山。他五十出头，在此工作二十多年了，脸黑，言讷，看起来实实在在，颇具经验。有他带路，真是喜出望外。

汽车驶向一条深广的沟壑，不过走着走着，便觉得巉岩高耸，峭壁纵横。时在初夏，虽然不冷，而绿树蓊蔚，又身处山阴，又有微雨洇润，则生暮春之感。

陇马路就是陕西省宝鸡市陇县至甘肃省天水市张家川回族自治县马鹿镇的交通干线，其左一弯，右一曲，蜿蜒上山。千河清冽，穿梭在古木、青苔和白石之间，以斗折蛇行的姿态顺山而下。这就是陇关道，太静了，太美了，隐逸在汧水河谷之中。

陇马路应该是沿袭了陇关道所修的一条干线，因为它是水泥路面，现代材料。实际上在1949年以前，就沿袭着陇关道修了陇马路，当时路面的硬化，用的是原始材料。我称其沿袭，只是想表达它们是在陇关道的基础上修筑的，不过认为这就是陇关道也并无任何问题。

在我神游之际，余钦先生喊停下，汽车便停下了。他指着藤蔓与花草掩映的一条窄小的斜径说：“过去走这里到老爷岭，铺的全是石板。”老爷岭就是关山之巅，其东坡为洪家滩。

斜径多少是一种刺激，我怦然闪念，要走石板小道。虽然知道此乃幻想，不过还是钻进古木、青苔和白石之间，弯腰试了试。潮湿昏暗，脚下的滑汰也如踩着了玻璃上的油，又感到丛营有蛇，遂捷足而出。

结束这个插曲，继续上山。当海浪似的古木从沟壑挤到路边的时候，略觉压抑。不过万千古木一旦远遁而去，山坡上豁然现出开阔而绚丽的草甸，空旷和舒畅便感到了。随着草甸的延伸，往往有自由的牛、马和羊在漫游。

我见过黄牛，也见过黑牛、红牛和花牛，只是没有见过白牛。然而这里的山坡上有一头白牛混在群畜之中，傲然扬头直视着我，确乎令我惊叹！我看它，它也看我，彼此都流露着好奇的神情。然而在别的牲口眼睛里，也许我和白牛只不过都是动物而已，并无什么好奇吧！

山坡上多有泉水，其或出草丛，或出树根，或出石缝，汪然而流，汇至千河。从草丛所涌的泉水净如白练，即使泻于泥土也不污染。泉水喷射草丛的一瞬，仿佛陇山咏了一句碧绿的诗。不过这一瞬之咏是连续的，甚至是永恒的，属于天地之间神秘的吟唱。

忽焉是古木，忽焉是草甸，山坡上的风景就这样反复切换着。古木看起来并不参天，然而茂密繁盛，间有红桦、白桦、青桐、松、椴、柳、杜梨、酸梨、核桃、沙棘和别的什么树。那种挤到路边，并会显示自己老根的树，常常是柳。

“洪家滩到了！”余钦先生蓦然说。

“到了？”我脱口而问。

站在老爷岭，关山之巅，我的目光急切地投向东坡。沟壑旷荡，大体呈南北方向。我的立足点在沟壑的西南端，所谓老爷岭的顶尖。我望过去，东坡葱翠的草甸一直向下，向下，渐渐见底。接着是西坡，不过西坡比较陡峭，甚至是耸然而立了。西坡尽是古木，足以蔽日，遂会覆盖西坡的所有角落。西坡向上，目光向前，向后，我所看到的凹者之谷和凸者之崖，无不是色彩浓重的古木。古木枝叶厚实，波涛似的，连绵起伏，涌至天际。我分不清粗的是什么树，细的是什么树，只感觉赤橙黄绿青蓝紫尽烁林表，仿佛是神的点染，遂呼其为伟大的创造。

陇关的遗址就在这里，然而它究竟在洪家滩的什么面、什么线或什么点，岁月已经湮灭，不知道了。

风一吹，云就飘，微微的雨总是随着云。风一停，云就散，微微的雨没有了，天亮了。陇山沉寂，渗透着一种洪荒和魔幻的交融之气。

徘徊陇关，我意识到老爷岭以西就是所谓的陇右，须臾之间，悲壮的鼓角穿过历史的烟霞，隐隐而鸣。

2019年5月25日草，

2020年3月28日定稿，窄门堡

石门关

石门关是有一点特别的，它并非处于某种交界或某个边陲。

其在今之陕西旬邑石门关村一带。

子午岭向南冲击，势大遇阻，遂起伏盘错，顶点海拔1885米，而余脉则凝结为石门山。林壑蔚然，草坡望之如茵，履之如茵，坐之如茵，卧之如茵，也念之如茵。

不知道什么时候，石门山的一段悬崖彻底断开，对峙如门，遂为石门关。方志有云："石门山，亦名尧门，尧凿之以泄洪水。"不过这个故事演变为尧凿山为门，从而有了石门关。

公元前364年，秦晋相争，曾经战于石门山。也许彼此是小打，所以影响并不大。

赋予石门关以军事意义的，应该是秦直道。没有秦始皇下令，秦直道当然也难以开辟。

事情是这样的：公元前215年，有卢生为秦始皇寻找长生不老之药，难矣哉，未能觅得祖龙想要的药，不过倒是发现了一册图书，便献上了。其中一言曰：“灭秦者，胡也。”秦始皇又惊诧，又恼怒，遂遣将军蒙恬率兵30万征伐匈奴。胡，此情此境，指的是匈奴。秦军强劲，竟一举驱逐匈奴过了黄河。秦军夺得黄河以南的土地，包括今之宁夏灵武至内蒙古杭锦后旗以南。秦军乘胜追击，逾越黄河，又夺得阴山以南的土地。为防御匈奴，在各个道津筑了亭障。公元前213年大建长城，西起临洮，东至辽东，袤延万里。到公元前212年，秦军及芸芸徒役，又堑山堙谷，急修直道。其从九原郡，今之内蒙古包头九原区孟家梁古城，或三顶帐房古城，或麻池古城，到秦林光宫，汉甘泉宫（今之陕西淳化凉武帝村），大约一千四百里。

秦直道穿石门关而过，石门关就留在了世界上，留在了陕西，留在了关中。

夏天的阳光几近直射，不过渭河北岸山耸峁隆。野风起于高原，风从一片土地吹到另一片土地，遂生爽朗畅快之感。

石门山究竟是什么形势？我来了，要看一看它。

既然秦直道穿石门关而去，我便踏着秦直道前往。也许是做了手脚，或是经过了化妆，一种原始的气息已经消失了，这令我颇为扫兴。所标识的秦直道，固然在峻岭之间，不过它宽阔，平坦，中间凸，两边低，太规整，太漂亮。路上没有丛莽，只露着星星点点的草。细碎的石子撒在路上，不像两千年或两百年的石子，甚至不像二十年的石子，是毫无包浆的。尤其在秦直道两边置有粗劣的雕塑，马呀，车呀，剑呀，将军呀，不仅材质差，艺术更差，十足地弄巧成拙。几面旌旗迎风就动，背风就静，真是假得可以翻天覆地了。唯秦直道周围的峻岭还保持着自然的样子，是壑是岩，皆从蓬蒿之中蹿出参差向上的杂木。

希望通过旅游产生利润也是能理解的，然而不可以不尊重历史遗产。随意改变秦直道的面目，也许算不上艺术，更算不上科学吧！

石门关之间有一条沥青路，是在秦直道的基础上铺砌而成的，可以行人，也可以行车。从陕西耀州或陕西淳化的方向走过石门关，我并不觉得奇险，甚至感到这里平平常常。然而一旦走过石门关，回头仰望，遂见蓝天之下，峭壁分裂，导致巨大的缺口。没有这个缺口，便不得行人，也不得行车。我不禁轻念着："石门关！石门关！"

斜向一边的峭壁雄浑岨固，而白云则如棉花似的浮动在绝顶的树枝上。立面发褐，多有风化，甚至蚀成了蜂窝状和几何状。缝隙渗水，或凝为黑渍，或绣为青苔。几只鸟从动的一柯飞到静的一柯，鸣啼不止，起落不定，表现了足够的从容和喜悦。和平不仅是人类之福，也是鸟之福。当秦兵开过石门关之际，不知道这里是否有鸟？如果鸟害怕，跑了，它们会栖息于何处？如果鸟不退出自己的园地，它们会恐惧吗？它们会是什么状态？

倾向另一边的峭壁巉刻尖刻，横现锐角，纵呈剑棱，似有必插宇宙之心的力量。树枝挑白云，白云撩树枝，遂使绝顶颇为壮丽。

朋友说："扶苏庙在巅峰。"

我顺着朋友所指的巅峰看过去，发现了几间房，问："它是扶苏庙？"

有几个方士为秦始皇寻找长生不老之药，未果，都消失了。觅药不是服务，要花费大量钱财的。方士选择逃亡，是相信秦始皇属于刚戾贪婪的主，不能给这样的主工作。

这便惹恼了秦始皇，并迁怒于整个儒生，坑杀了460余个。

扶苏是长子，忧患此举将引起反感，谏曰："天下初定，远方黔首未集，诸生皆诵法孔子，今上皆重法绳之，臣恐天下不安。唯上察之。"长子的善意也让秦始皇气愤，便命扶苏至上郡，监督将军蒙恬。上郡大约包括今之陕西北部和内蒙古南部，是抵抗匈奴的前线。上郡的治所在绥州，今之陕西绥德一带。

秦始皇巡狩天下，到处刻石，颂扬自己的功德。其周游四方，也有成仙之求。他身体还硬朗，没有想到死。死往往是突然降临的。

公元前210年，他走到平原津，今之山东平原西南的黄河渡口，觉得不适，实际上是病了。对秦始皇只能报喜，不能报忧，所以凡大臣没有谁敢讨论死的。不过病越来越重，已经临终了。他知道问题严峻，便赐书扶苏曰："以兵属蒙恬，与丧会咸阳而葬。"以这样的遗嘱给长子，意味着扶苏是太子，祖龙驾崩，扶苏可以即皇帝位。

赵高任中车府令，兼行符玺令之务。他有鬼，遂压下了秦始皇所赐扶苏之书，以伺机而动。

秦始皇走到沙丘，今之河北广宗大平台村以南，挣扎了一下，就停止了呼吸。秦始皇的随行有三陪扈：少子胡亥、丞相李斯和赵高。李斯愁扶苏异动，也愁天下骚乱，主张秘不发丧，以尸巡狩。赵高有鬼，鬼在准备擅权。他曾经教胡亥判案断狱，基于此，他和胡亥感情颇近，也渐渐掌控了胡亥。他又对李斯分析，扶苏即皇帝位，必重用蒙恬，不仅你李斯丧位，而且祸及你李斯的子孙。李斯略一掂量，便向赵高屈服了。

赵高的剧本是：伪造秦始皇所给丞相李斯之诏，立胡亥为太子；伪造秦始皇赐扶苏之书，批评长子无功，有怨，不孝，让其以剑自杀；指责蒙恬不忠，令蒙恬向裨将王离交出兵权，命其自杀。胡亥和李斯同意赵高的剧本，戏就开演了。

赐扶苏之书，由胡亥的使臣送给扶苏。扶苏感觉困惑，难免怀疑，然而出于忠，还是自杀了。蒙恬不愿意随便自杀，使臣就呼吏卒囚禁了蒙恬。使臣回去汇报了情况，胡亥、李斯和赵高皆喜。

戏便继续：辒辌车载尸巡狩，走到了九原郡，今之内蒙古包头九原区一带。由此上秦直道，南下，返咸阳。一旦安全，立即发丧于朝野，宣布太子胡亥即皇帝位，为秦二世皇帝。

不愧是秦始皇，其生不走秦直道，死走之，非凡也！

秦二世无能，而赵高则用事。赵高惧蒙恬，不仅诛蒙恬之弟蒙毅，而且派使臣至阳周，今之陕西靖边杨桥畔镇一带，逼蒙恬自杀。无奈，蒙恬吞药而亡。

顷有陈胜反秦，随之天下反秦。赵高竟当了丞相，达到了擅权的目的。他逼秦二世自杀，以秦地缩小，称皇帝已经不宜，遂立子婴为秦王。子婴用计干掉了赵高，诛赵高三族，并在咸阳示众。厉害，可惜迟了。刘邦来了，子婴不得不白马素车，奉天子玺符投降。

秦始皇威风凛凛，不可一世，不料其子孙的结局竟是这样凄惨！

朋友说："扶苏庙虽然在高处，仍有路可以上。"

我说："不上了。"

看起来司马迁对扶苏颇有好感，他说："长子刚毅而武勇，信人而奋士。"世人受了司马迁的影响，对扶苏也产生了好感，而且同情他，推崇他，在石门关另一边的绝顶之上选坪造庙，以祭祀他。祭祀若以唐开始计，也有一千余年了，若以汉开始计，更有两千余年了。

对扶苏的好感，源于他规劝秦始皇不可坑杀儒生。实际上扶苏和秦始皇的目标是一致的，都要由始皇帝传之二世、三世，至于万世，只不过他们父子所传之路线不同而已。希望扶苏厚待儒生，怜悯或帮助黔首，也许会失望的。谁也不敢保证扶苏当了皇帝，将如何御民！关键是，扶苏的御民之术毕竟是由他的立场决定的。扶苏的性格和道德，对自己的御民之术仅有微调的作用。当然我也不反对祭祀扶苏，祭祀者自有祭祀者的道理，也有其权利，我怎么可以反对呢！我只是觉得，秦始皇和扶苏的血是一个脉，秦始皇恶劣，扶苏也善良不了多少。

秦直道在汉军征伐匈奴的日子显示了自己的价值。公元前127年，汉将军卫青从云中郡发兵，李息从代郡发兵，共奔高阙打匈奴，并西至符离，斩获匈奴数千，收复了黄河以南为匈奴所占之地，随之置朔方郡和五原郡。汉五原郡，就是在秦九原郡基础上所设。汉武帝还在公元前110年率军18万骑，从甘泉宫一带兴师，向北，走秦直道，出长城，再向北，登单于台，威震匈奴。返甘泉宫，应该仍行秦直道。也许司马迁就跟着汉武帝，这样，他才有机会看到秦长城附近的亭障。

实际上自秦至唐，秦直道始终具备军事意义。这种交通路线，显然有利于发兵和巡狩。宋以后废弃了秦直道，是因为王朝从关中消失了。

崚嶒石壁千山绕，豁达双门一径开。

更有藤萝淹日月，岂无龙虎出蒿莱。

空中楼阁供奇玩，眼底风云起俊才。

闻说扶苏遗庙在，年年烟雨为谁哀。

阳光直射着石门关，也直射着我。当此之际，我仍默咏了明朝的这首诗，它因袭了先贤的趣味和理念。

朗诵也罢，浅诵也罢，并不意味着认同它，或是接受它。

2019年5月25日草，

2020年3月28日定稿，窄门堡

再赴散关

散关南起煎茶坪，北至益门镇，在秦岭北麓逶迤盘旋八十里。其长如此，是我过去所不知道的。

散关的险峻阶段在二里关村一带，这里曾经出土有宋瓷残片和铠甲残片，还出土了一方石印，铭曰：大散关印。明证在握，这一带显然属于散关的遗址。

过二里关村向前行二十余里，就到了和尚原。田畴平旷，草木丰茂，如此善地在散关沿线实为罕见。当年南宋将领吴玠和吴璘兄弟在此抵抗金军，打得甚为激烈。金军一再发起进攻，迫切希望入蜀而去。吴玠和吴璘指挥士徒拼命厮杀，或采取奇袭战术，使金军一败再败。其统帅兀术中箭负伤，夺路而逃。不过终于使金军不得入蜀，也未能实现从长江上游绕道灭亡南宋的企图。这一带显然也是散关的遗址。

清姜河发源于秦岭北麓的玉皇山，峰峦嵯峨，森林深厚青翠。澄明的水掠岸滑沙，迂回而下，在石家营村汇入渭河。

散关数十里，基本上是随清姜河展开的。散关之险峻，也在于清姜河落差颇大，激湍成怒。它所穿过的峡谷往往是悬崖峭壁，枯藤老树，难以攀缘。

初秋的早晨，我从宝鸡南郊乘出租车，走川陕公路，到了散关极为典型的一段。告别出租车司机，我自由自在，久久流连。

清姜河逾越大大小小的发白的头石，斗折蛇行，向阳则明，向阴则暗。它奔泻的样子仿佛欣喜地找到了峡谷。它冲进了峡谷，它在峡谷之中，和峡谷结成了一个整体。这是陡而狭的一段，右岸绝壁，朝晖里一片绿树青草，左岸断崖，几无蓬蒿。

川陕公路便在左岸的断崖之处凿空而通，其不生草，不长树，乃是1936年堑嶂破岩的见证。

赵祖康是一个江苏人，是他主持修建了这条公路。在开辟公路以前，从关中至蜀要走故道，也就是陈仓道。实际上子午道、傥骆道或褒斜道也能走，然而皆有秦岭之阻，难！“噫吁嚱，危乎高哉！”这是李白之叹。为纪念此公路的通旷和通驰，赵祖康选清姜河左岸的断崖之处题刻曰：古大散关。

1992年我初赴散关，感到很是茫然。山高水长，而古色古调之物则无一件，我真不知道散关在何处。公路旁倒是有一个放蜂的四川人，也是唯一的人，可惜他不明白什么是散关。踟蹰之间，发现了赵祖康的题刻，遂豁然开朗，顿起一种收获似的惊喜。

为防抢劫，那时候出门是不带照相机的，就紧盯着看，定睛看，以把题刻留在心里。现在手机便具照相机的功能，可以随意拍摄了。不过这一段细如咽喉，即使立足之地也不易得到，照相必须千万谨慎，因为货车、客车和私家车实如清姜河一样滔滔不息。车来了，你要转过身，面向峡谷，背对车。有时候，车确乎是拂背而奔。基于此，人游此鲜矣！

略有伤感的是，清姜河的水瘦了。石头沉水，磊磊相摩，每一块石头都像美人，只是脚在水里，其腿、其身、其脸，皆露水外。石头发白，缺乏滋润。二十七年不至散关，清姜河的水少成这样，谁无忧患？

有一种观点认为，清姜河就是姜水，神话时代的姜族部落便生活在姜水一带。炎帝出于姜族部落，所以炎帝是曾经生活于姜水一带的，也正因为炎帝及姜族部落在这里劳动和繁衍，遂有姜水。历史是复杂的，甚至是会遭到篡改的。有的事情虽然不见诸历史，它仍可能是真的，它发生过；有的事情尽管在历史上大显特显，它也可能是假的，它并未发生过。历史的复杂在其真假交织，这决定于是谁，并为何所修。

经一位老师的指点，我缘姜水寻找，进入了姜城堡。姜城堡是姜氏城的演变，1764年的方志曰："姜氏城，县东南五里，姜水东南涯有遗址。"此县指宝鸡县，而宝鸡县则在2003年撤销以后，置换为宝鸡市陈仓区。无论如何，姜城堡总是一个存在。遗憾我进入了一个空村、一个空镇。政府已经决定拆迁姜城堡，人都离散了。初秋的阳光还满是季夏的亮度，寂静的姜城堡，凡街道、院墙、屋顶和门窗，皆一片灿烂。

考古发现，在姜氏城遗址出土有石器和陶器，应该属于仰韶文化。这是不是姜族部落在此生活的文物，有待专家告知。

散关曾经发生战事七十余次，我经常想到的是，刘邦接受韩信的建议，明修栈道，暗度陈仓，一举占领了关中。我还能想到的是，吴玠和吴璘以其勇敢和谋略打败了金军。当然，这一攻防战以后，散关也成了金和南宋的分界。

2019年8月13日，窄门堡

三登武关

三登武关，无不感慨连连。

武关临水，夹两山之间。水是武关河，其北傍少习山，南望笔架山。

武关之所以成为要塞，就在于它择少习山的一个岩麓，沿岸筑墙，围墙做城，而水则绕其城而过。这样便堵住了两山之间的空隙，秦楚往来，必叩武关。在军事上，永远是守城容易，攻城难。

不过凭山河之险，重兵严防，以经营攻城难的体统，也往往是相对的。公元前206年，刘邦便率一队农民穿越武关，进入关中，占领了咸阳宫。非武关不固，是秦溃烂了。

1993年，一阵秋风吹我到了武关。下车已经是深夜，地方又颇为陌生，不过武关村的一个姑娘还是带我看了武关。她情况熟悉，遂领着我城里城外地走。战国以来的要塞，到处都是屋舍，住着人，然而东墙、西墙和南墙的轮廓仍在，并呈现着要塞的形制。尤其是南墙，尽管风雨剥蚀，运动摧毁，已经非常低矮了，不过它还是墙的样子。我站在墙上，见武关河蜿蜒潺湲，星光闪闪，不禁思接先世。我想，前后皆为峰峦，且水环三墙，武关的设计和建设确乎是高妙的！

2002年，中央电视台要拍摄武关的纪录片，基于我对武关有所调查，便邀请我参加活动，我就又到了武关。到底是春天，山水一片清明。当此之际，我想起了1993年带我夜游武关的那个小燕。摄制组对这件事情兴趣甚大，竟鼓动我找一找那个姑娘，他们当然也要跟着。见到了小燕的母亲，可惜得到的消息让人喟叹，因为她早就结婚了，也生了孩子，这都很正常，唯她的丈夫不到30岁竟遭车祸殁了，使人感到命运的莫测和不定。那天小燕不在家，往西安去打工了。小燕天真，单纯，思无邪，遂能在晚上陪我看武关。这是20世纪的事情，人与人还是信任的，今天已经不可能了。我依然，但小燕却进入了历史，并渺渺而逝。

2002年我至武关，不仅发现这里失去了浑然之中的宁静、自成一体的满足，而且由于时代的冲击，陷入了恓惶。不仅小燕出去打工了，似乎青年多出去打工了。武关有一截孤立的墙，高逾三丈，上尖下宽，显然是残存的遗址。它耸于巷口，吃饭的时候，有几个农民蹲在墙根端着碗用餐。看起来他们也就是四五十岁，有的还更年轻一些。不知什么缘故，这些人并未出去打工。他们留在武关村种地或养殖，其收入是否能够致富并追上时代的步调，也未可知。

在距第一次二十六年以后，第二次十七年以后，我三登武关。

我在朱雀路乘西安至商洛的车，再在侯塬村乘商洛至商南的车，下午两点二十分到了武关。这一次用了四小时，比第一次少了六个小时，比第二次少了四个小时，是因为过去的公路沿水顺山，多是弯曲，又上上下下，而现在的公路则跨水穿山，以隧道和桥梁相连，都是直的。科学提高了速度，不过人类并未减少自己的忙碌。

太阳大晒，武关正在午休。胡桃树枝繁叶茂，有蝉长鸣，不过312国道两边的店铺都闭着门，唯武关村或武关镇的一家餐馆在营业。我饿极了，便在此吃了一碗面条。男主人烹饪，女主人用一团黑抹布擦着桌子，他们的孩子在玩手机。一家三口接待了我一个人。他们从容地操作，我也从容地进餐，之后踏着火一般的阳光登武关。

我偶尔会想到一个问题，一旦来到武关，此问题竟如池水一泓，见风便起涟漪，又想到了。公元前299年，秦昭王邀请楚怀王赴武关会晤，以结联盟。不料楚怀王遭虏，只得随秦吏卒到咸阳来。秦昭王强迫他割地，划楚国的巫郡和黔中郡归秦国。楚怀王不干，秦昭王便拘留了他。秦昭王如此对待一个国君，何止不义，何止没有诚信，何止丧失诸侯国之间往来的基本原则。这简直就是欺诈，是流氓行为。诸侯国指责秦为虎狼之国，应该是有道理的。也许正是因为秦的如此本质，有如此的思想意识，它才二世而亡吧！

总的印象是武关处于持续萎缩之中，这也是我所困惑的。作为一个战国时代的隘口，除了少习山或莽岭山向前延伸的台地没有发生根本变化之外，武关之城，武关的东墙、西墙和南墙都在剥蚀并颓塌。它的东关拆掉了，西关也拆掉了，这就丢了城的形制。农民盖房，一再向武关三墙逼近，房比墙高，也就湮灭了它的墙。

我找到了还在巷口的那一截孤立的墙，它显然也更砭削了。出于保护的目的，那一截墙已经用红色的瓷片包裹起来。这使它不伦不类，然而责任不在包裹它的人。这是武关遗址，应该用保护遗址的标准，像保护天下所有遗址一样保护它。可惜它在秦岭南坡，重峦叠嶂之中，似乎并没有引起责任机构的足够重视。

实际上可以证明武关历史的，还有一些文物，它们都出土于斯。在武关曾经发现汉窑三孔、汉墓一座，还发现有瓦当、铜鼎、铜钫、铜剑和铜矢。1956年，有人在武关小学取土，竟发现了汉五角形陶质水管。若有一个小小的房子，收集、保存和陈列这些文物，也是一种善举，或是尊重文化的表现吧！

武关河仍在绕着岩麓而流，只是水浅，听不到它的音响了。河床透明，可以看到青草、黄泥和黑垢。黑垢像凝结了一样，我不知道黑垢是什么污染之物。黑垢一团一团，夹杂在青草和黄泥之间。

1993年白霜似的洒满月辉的那条街道，在这天是一半明亮的阳光，一半幽沉的阴凉。几位上了年纪的男女，坐在一家门前聊着什么，有的还不紧不慢地摇着扇子。我左看右看，以选屋舍、窗棂或石刻照相。他们盯着我，仍是以1993年的好奇的眼睛，只是目光冷漠了。我并不在乎什么眼睛和目光，我惆惋的是生活的气息似乎从这里消失殆尽了：这里没有稚童，也没有幼婴，更没有年轻的喂奶的妇女。这里还像以前一样没有树。屋舍还在，不过其门几乎都锁着，其窗棂都旧得昏暗了。院子空空荡荡，街道空空荡荡。

312国道过去从少习山下穿过，实际上是从武关穿过。现在，312国道改为从笔架山下穿过，也就是从武关河对面穿过了。也许这将有利于武关村提升为武关镇吧！但愿此举更有利于保护武关遗址。武关故道，显然是312国道的基础。312国道离开武关，循笔架山下而行，应该是自秦岭形成以来一直没有发生过的情况。这是人类纪的一种表现，也是人类纪的一个象征。

我重返少习山下的312国道，武关已经睡醒了，店铺也一一开张了。有一个人在路边挖渠，手握铁锨，一下一下铲土，使劲狠然。见胡桃树长在路边，葳蕤蓊郁，显然不属于武关本土的植物。

“请问胡桃树什么时候栽种在这里的?”我问。

“你问对了！我就是武关镇人。1958年栽种的!”挖渠人爽快地说。

之所以从少习山或莽岭山向前延伸的台地没有发生根本变化，是因为武关，或武关村、武关镇，都凭此台地而存在。

2019年8月18日，窄门堡

四到潼关

潼关近一些，到潼关比较方便。

1992年去了一次，1995年去了一次，2012年去了一次，2019年8月5日，星期一，我去了一次。1995年那一次，是随朋友玩的。2012年那一次，完全是为了观察渭水在潼关一带是否返清，直去直回，没有停留。

这一次到潼关是在夏天，夏天毕竟是夏天，潼关风不通，甚为闷热。我指的是老城，老城才有意思。

我对潼关老城的布局并不陌生，遂按部就班地南一瞅，北一瞅，东一望，西一望。终于登上水坡巷村的一个阁楼，向四方环顾着。

潼关基本上还是废墟，其原因显然是当年修建三门峡水库，让居民搬离导致的。走人是为了蓄洪，然而一旦走人，老城便毁。

尽管早就没有南门和北门了，但地理上的南门和北门仍在。一个老人挥手说："从南门到北门的路，就在那一片破房之间。"1992年我从这里走过，路窄，不过两边的屋舍还疏索地住着居民。现在的路宽了，可以通汽车，然而不住居民了。

老城仿佛正处于一次颇有深度的改造之中。我曾经走过的那一片破房都腾空了，显然要拆迁，此乃改造的根据。谋求经济发展，一个重要途径是把老城改造成旅游重地。一些新的建筑，包括寺庙、道观、店铺、客栈和博物馆，皆从废墟之中冒出。建筑都是新的，不过其样式、所用砖瓦、所装门窗，皆流露着传统的意味，似乎皆扮演着或明或清的角儿。酷热的阳光之下，这些新的建筑的颜色强烈得刺眼，也刺心。

我闯入了水坡巷村，并在这里久久盘桓。无不是老人，三三两两，坐在门前。残垣断壁，难觅生气。

这个村起于南原，并沿南原扩张。所谓南原，指秦岭北麓向黄河延伸的一个台地。当潼关居民必须搬离的时候，此村因为所处位置高亢，没有安全隐患，遂得以保存。然而老城十户九撤，谁为生产者，谁为消费者，这个村怎么发展，尽是问题。此村曾经有三个自然村，人口两千余，几十年下来，现在仅有人口三百余，不过一百户吧！青年几乎都在外打工，女子易嫁，男子难娶，遂一直衰落，以至寂寞。

一个老媪说："这个村开始叫血坡巷村，以后改为水坡巷村，以后又改为东风巷村。"

一个老翁说："东风巷村就没有叫响。"

老媪说："李自成在南原步兵列阵打清军，清军又从上向下打，打得血流成河，沿坡流下，所以叫'血坡巷村'。"

老翁说："血坡巷村叫着不祥，改为水坡巷村了。"

水坡巷村也在改造之中，而且看起来接近完成改造了。1992年我到这里，觉得还有一种自然的状态，石头、砖瓦和树，自然地融为一体，颇为舒服。

改造以后，这里竟变成了石头的世界。路面是石头，路堤是石头，以树根为圆心砌成一个圈，用的也皆是石头。石头的世界不仅感觉尖硬，而且阳光普照，顿生焦躁的感觉。石头发白，闪烁着金属之光。在这个石头的世界里，树都苟活着。有一棵椿树死了，树根已经朽烂。树根如墩，黑不可坐。有几棵槐树，斜梢向天，是因为它们在这里起苗迎风，活了几十年，上百年。树枝岔开，状有痛苦。

水坡巷村东西一排，盛时长足数里，今剩半里左右。开门者少，关门者多。门是旧门，漆皮剥落，不过这也是老城罕有的纪念了。

潼关东门至北门一段的城墙，因为要拦截和阻挡黄河的冲击，遂在当年修建的时候向地下挖掘十余米，打梅花桩，并用石条一层一层地向上砌。石条之间的缝隙，灌以糯米汁，再钉以铁耙，铆扣而成。

这一段城墙，大约一千米。资料显示，明清以来，黄河洪涨洪平，从来没有摧残或摧垮这一带。改造之际，也刨出了这些石条。看起来它们沉重、结实且坚固，黄河对这些石条所砌的城墙也真是无可奈何！先贤当受敬畏，他们对工程一点也不捣鬼。

我到了黄河岸上，感受着它东流的势力。它像绳子似的，勒出了峡谷；它像刀子似的，砍出了峡谷；它像锯子似的，刺出了峡谷。黄河携带着泥沙、蓬蒿和木桩，滚滚而逝。没有浪花，也没有声响，不过这种沉默更显出了黄河的势力。

渭水与黄河交汇之处，浩瀚缥缈，闪烁着远方的中条山的幻影。风陵渡并未通航，不过从陕西这里望过去，黄河在山西那边擦崖而涌的样子，也仿佛看得见。

满天的阳光倾泻而下，不过空旷，有风，我仍觉得黄河岸上可以徜徉。我走着走着，迎面碰到一个不古不新的建筑，读碑文才知道此乃抗日战争时期的碉堡。

碉堡只不过几平方大而已，孤立，残损，周围什么也没有。它对着黄河的一面是方形的炮孔，背着黄河的一面敞开着，显然遭到了切割。墙的立面用水泥涂抹了，似乎是在掩饰某种错误的切割且捣毁的茬子。还有几处补着红砖，也露出了材料不符年代的伤疤。炮孔旁边及局促的碉堡空间，都有烟火熏过的颜色。

日本军队在1938年占领风陵渡以后，企图打入关中，而中国军队则坚守潼关，反复击退他们。中国军队的炮弹发挥了主要作用。从碉堡发射的炮弹雷厉而锐利，始终压迫着日本军队。

潼关的碉堡，黄河岸上的碉堡，显然不是这一个。一个太孤悴，太孤单，太简，太弱，不能构成中国军队的工事，不能抵制日本军队的攻击。

“碉堡应该是一个连着一个，从而成阵，如此，日本军队才没能打入关中。”

我说着，离碉堡而去。

函谷关是关中的东门，潼关也是。历史上，潼关攻防战足有四十多次，但愿对抗日本军队的阻击是最后一次。

原载《延河》2020年11期

蕉村永在

少陵原起立，遂为台地。不过蕉村踞于低洼之处，显示了先民的智慧。低洼可以避风，方便取水，腐殖质丰富，土壤就膏腴。

这里至今三千年前后种谷子，两千年前后种小麦，四百六十年前后种玉米，农耕文明源远而流长。

2010年，蕉村尚有田畴两千四百亩。以其所产，门户四百五十余，人口一千五百余，足食可也。

公元前785年，也就是至今2805年之际，周宣王囚杜伯于焦，此乃历史上一件颇有影响的事件。焦的演变为焦村，焦村见诸文字记载之始，是在唐朝，公元801年。焦村这个聚落并非以姓氏名之，遂在清朝，不晚于1819年，改焦村为蕉村。也许是为了避邪祈福，有贤士在民国时期，改焦村为蕉村。

环蕉村且与蕉村为邻的乡居有：韩家湾村、羊村、四府村、西兆余村、高望堆村。不过蕉村久具优越，在远古，湖绕其南，至近世，堡耸其北。城墙坚实，城河深陷，蕉村的形势凛然而威赫。街巷纵横，尽凑堡门。忙罢过会，蕉村约为农历七月十七，而前一天卖菜，堡门则摊位密集，喧哗热闹。迎来东堡门，送往西堡门，礼数周到。西堡门早就没有了，不过遗址上的两棵国槐仍在。其根柢槃结，枝柯青葱，命有三百年矣！

明以来，清以来，蕉村便有私塾。让孩子接受教育，遂为传统。1941年，蕉村小学建成，此乃当时陕西省长安县唯一的一所完全小学。读书开阔了视野，蕉村人在外求学者多，谋事者多，往往能开风气之先。

蕉村曾经有庙七座，位于东南一带的老爷庙更是塔众如林，至1966年还存一塔。青砖旋上，收敛作尖，散发着神秘之光。

蕉村计有姓氏十余，其中以田、吕、晁、朱、赵、雒、刘、张、杨、李、徐、夏为老。聚族而栖也行，迁徙而住也行，只要到了蕉村，皆为蕉村人。

蕉村人善良，也很义勇；规矩，也能创兴；孝敬，也懂慈爱；竞争，也知谦让；自主，也会合作。蕉村人，当然有蕉村人的一种精神。

少陵原光照充足，四季分明。春天来了，蕉村最早发芽和开花的一批草木是梅、柳、玉兰、白杨、丁香、牡丹、芍药、杏、桃、榆、国槐。一旦草木滋荣，翩旋者，蝴蝶也，飞鸣者，蜜蜂也。接着是热烈的夏天，男女上阵，收割小麦。秋天来了，庄稼丰稔，男女便出征摘谷穗，掰玉米。一些树不得不依次枯黄，石榴、白杨、梧桐、榆、国槐，都会渐渐落叶。大雁南飞，蝉禁其唱。接着是干冷且漫长的冬天，霜白雪降，万物藏匿，然而蕉村人仍会翻土于野，施肥于壤，或排戏，或打球，而老翁老妪则纳柴烧炕，暖脚养神，打牌聊天。

岁月如流，逝者如斯，蕉村发生了划时代的变化。仿佛一夜之间告别了祖祖辈辈所享的闾里与庭院，忽然迎来了楼上楼下和线上线下的生活。忧亦乐，乐亦乐。蕉村永在，日子要好。

走出容易，回家难。游子如我，对故乡的感受，谁不是这样呢？

原载《西安晚报》2020年12月24日

散心

事有不洁，意遂不适，如此感觉谁都会产生，甚至一而再，再而三。人在尘世，是并不能摆脱细菌和病毒的，不过应该防止它们的伤害。

这一次，不适的感觉刚刚浸胸，我便想起了李商隐。不过难登乐游原了。乐游原当然满是历史文化，可惜现在它已经形势鄙矮，避让给一些高大的建筑了。然而出门散心，还是需要的。

子午谷的台沟村蓦地闪出，遂转念想至此一览。今年初夏，我在这里欣赏了小麦，其金黄一片所催生的欢喜之情，反复悠漾，诚为一种养怡。

我到台沟村的时候，终南山渐陷黄昏，虽然牌楼、屋舍和宫庙之类，尽藏杂树之中，不过其轮廓仍可识视。初冬了，也并不冷，起码没有我想象中的阴岭之寒。

有路横坡修建，门户便沿途而立，我决定清闲地走一走。才举趾，就碰到一个相貌非凡的人。其五短身材，眼睛也小，但头发和胡须却颇为发达，不但脑袋上全是白毛，脸腮上也全是白毛，且蓄得飘拂。我问："长者高寿？"他平静地说："四十五。"然而其样子看起来真有七十五，遂为自己的目光感到惭愧。一个青年悄然摇手，又撇嘴，说："躲债的。"我一一抱拳，告辞而去。

行十余步，看到一个老妪，手提一笼柿子，虽然在售，也未叫卖。旁边支了一个木架，一笼一笼，总计有八笼，柿子悠悠悬挂着。我买了一笼，付其十元。老妪七十三了，不过很是硬朗。其老伴患病十二年，她每每用架子车拉着，让他看花看草。两年之前老伴逝世了，遂能推销自己院子里的柿子。她有一个女儿嫁在了邻村，凄惨的是，丈夫病故了，接着儿子也病故了。嘱咐老妪保重，便告辞而去。

行几十步，见一个老翁坐在石墩上，细嚼慢咽着麻花，牙齿之间遂发出清脆之声。埋首挨他坐在石墩上的是其老伴，干什么呢？数钱，聚精会神地数钱。全是一元两元的纸币，一张一张地翻完，便抬起脸。她自己说："打麻将赢的。"我好奇地问："赢了多少？"她说："六十二元。"老翁淡然地说："打了一下午。"

湛蓝的天空忽然升起了月亮，杂树便显焦黑，也显峭拔。我旋踵踱到了一条纵坡的小径，左顾右盼，果木盈畴，多是樱桃树、葡萄树，当然还有老迈的柿子树。五谷退出，经济作物登场，这是中国农业的一个巨变。我走，月亮也走，我停，月亮也停。偶遇小时候非常寻常的情景，实有隔世之感。

我蓦地觉得轻松，是因为解脱了一些。天下人各有烦恼，有的重于自己，有的轻于自己。比较之下，一旦发现自己烦恼略小，便会产生某种优越的体验，于是灵魂就仿佛鸟出樊笼，振翮高飞。人普遍会这样比较，以使自己继续向前。然而比较彼此的苦难、忧患和悲伤，以衬托自己的健康、平安或喜悦，只不过是一种自己安慰自己的技巧而已。它还容易让人产生幸灾乐祸的幽思，对此，人往往不易觉察，也不愿承认罢了。

人居阳间，显然不能完全避免细菌和病毒的侵扰。也许还有一些策略，是圣贤所总结的，可以一试。或采取老子的路线，报怨以德；或采取孔子的路线，报怨以直；或采取爱的路线，他要打一张脸，再给一张脸由他打；或采取针锋相对的路线，以眼还眼，以牙还牙，以手还手，以脚还脚。究竟如何行动才算是善呢？

夜色之中，北辰星璨，长安万家灯火。也许生存之道，永远都在求索的路上吧！

原载《新民晚报》2020年12月28日

长安论

经年所考，终日思之，认同并确信，长安初为秦杜县之长安乡，然而我无法获悉是谁在什么时候呼一个乡曰长安的。

乡为行政区划，所从来尚矣。周人以五家为一比，五比为一闾，四闾为一族，五族为一党，五党为一州，五州为一乡，大约一乡是一万二千五百户吧！

以乡为机构，是周人的首创。秦人沿袭了这个建制，不过秦杜县之长安乡到底是多少户呢？

事情复杂，也许我需要寻找一条线索，抓住它求解才能厘清吧！

唐本在今之山西，汾河以东。唐人叛乱，周公便灭了唐。根据周成王的指示，迁唐人至今之陕西，应该是少陵原与沣河之间，立杜伯国，让其生活。

周幽王废了申后及太子姬宜臼，申侯震怒，召缯国和犬戎联合起来讨伐，周遂失了丰镐。缯国在东，犬戎在西，犬戎乘隙便占据了周人之地。

当是时也，秦襄公护送周平王往雒邑去，颇为顺利。周平王便封其为诸侯，赐周人之地，说：“戎无道，侵夺我岐、丰之地，秦能攻逐戎，即有其地。”秦人凶悍，打败犬戎，就兴奋地从西陲进入了关中。

杜人并不安于杜伯国，其见周平王移跸，遂立汤杜亳国，以示其继承商汤之意。亳是商汤的方畿，杜人是曾经追随商汤革命的。现在拉出商汤，只不过是要彰显自己的合理并合法而已。秦人狠戾至极，管你攀附什么商汤，竟在公元前713年灭了汤杜亳国。到公元前687年，秦武公便在杜伯国的畛域设杜县。

秦终于产生了一个杜县，这使我的推究得以有章可循。

我想知道的是，设杜县的那年，杜县也就设了长安乡吗？没有任何资料可以证明。

嬴成蟜是秦王嬴政之弟，封为长安君。公元前239年，他受命率军打赵国，却带兵谋反，在今之山西屯留一带死去。

这个信息显示，起码在公元前3世纪便产生了长安乡。不过也有可能是公元前4世纪，甚至更远。如果设杜县之际，也一并设了长安乡，以祈和平永安，那么长安乡的出现当在公元前7世纪至公元前3世纪之间。

周王朝起于公元前11世纪，至公元前256年，周赧王郁愤而终，西周文公也逝世了，秦庄襄王又在公元前249年灭了东周，于是八百年的九鼎就归秦所拥，继之天下统一。基于此，长安乡不也是孕育于周吗？

长安的历史固然绝早，这很重要，不过特别重要的是，春秋动荡，兼并战争爆发了，而且彼此的残杀越来越激烈。这时候，呼一个聚落为长安，其意义大矣！

我难免会问，是谁在血腥的日子，想到了长安？他是怎么样的人？这个人显然彻底隐遁了，消失了，遍觅历史，再也不见。然而长安一旦到世界上来，它便有如日月之恒。

反秦部队，项羽的一支是主力，刘邦的一支也是主力，不过项羽这一支势大，功也大。项羽烧了咸阳宫，杀了子婴，分享了胜利的硕果，凡参加反秦的都有收获，以为四海便安定了。项羽毕竟年轻，遂也天真并幼稚。

实际上并没有，因为刘邦的团队支持刘邦积极逐鹿，刘邦同意，遂兴起了楚汉之争。打了几年，水落石出。项羽败于垓下，自刎于乌江，而刘邦则在山东定陶汜水之阳即皇帝位。

刘邦似乎还是喜欢关中的，虽然开始以洛阳做了国都，他也在这里的殿堂里表扬了张良、萧何和韩信，并流露出以洛阳久做国都的意思。不过我以为刘邦对关中还是喜欢的，唯群臣多在崤山以东，他们希望置国都于洛阳，因为洛阳距家近，刘邦也不宜拂逆他们的感情。

然而娄敬和张良指出，关中比洛阳更合适做国都，并劝刘邦移驾。娄敬和张良都是智者，刘邦微茫的心意，他们应该已经觉察了。娄敬和张良彼此呼应，刘邦高兴至极，又击掌，又拍腿，当日便奔关中。刘邦数行关中，河山何其壮丽，他知道，当然也喜欢。

公元前202年，刘邦设长安县。由长安乡至长安县，长安的空间骤然开阔，这显然是隐含着一种构思的。接着，天下尽悉，刘邦宣布以长安为国都。

长安遂大放光芒，顿然璀璨。也许刘邦并不知道，以后的王朝将会一再以长安为国都，虽然长安也可能反复变迁。

长安乡在渭河以南，其左右基本上是隔水对着咸阳宫的。秦兴乐宫应该在此，那么汉长乐宫也应该在此，汉长安城也当在此了。

第一次以布衣之身面南而居，感受皇帝的高贵，是刘邦在汉长安城体验的，这也粉碎了血统与基因不可逾越的观点。陈胜说："王侯将相宁有种乎！"刘邦做到了，他是布衣的杰出代表。第一次把中原之国的疆域伸展到葱岭，是汉武帝在汉长安城指挥的。通西域，就是丝绸之路的开辟，所以长安是丝绸之路的起点。第一次有匈奴王表示，为免皇帝的臣民由于战争而劳苦，愿保卫汉的边塞，是指呼韩邪单于在公元前33年至汉长安城，对汉元帝的承诺。

长安，强矣！

长安县隶京兆尹，这也将成为一个传统。谁以长安为国都，谁便会照旧，用其框架。即使不以长安为国都，关中仍有长安县。也许会有调整，然而路数不变，大体不变。

至德之人，也可能是一个至恶之人。我以为王莽就是这种人，颇为鄙厌。怀有当王之念也并非罪过，他的问题是达到目的的方法和途径。

为了取得一个什么名誉、地位或利益，不惜折磨自己，玷污自己，糟蹋自己，这种人实际上始终存在，然而今多于古，文比于武，是十分的遗憾。他们猥琐、可怜、无趣，虽然也还是有知识的，不过他们的所为真的是破坏了秩序，堕落了精神。

王莽就是这种人，他给我留下的印象就是极孝，极恭，因为过分，遂为表演，凸显其虚假。他何等有权有势，而王莽妻子的衣服则像女仆的衣服一样朴素。他儿子致奴死，王莽便命儿子自杀，以死抵死。他卑躬屈膝，含辛忍辱，终于窃得朝野声望，成为安汉公，从而要像周公辅佐周成王一样辅佐汉孺子刘婴。

他是外戚，王家兴盛数世，也能资尽其用。不过摄政还只算他途中的台阶，当皇帝才是其幽愿。通过一步一步地操作，争得了国玺，并将去汉号。

公元9年，王莽在未央宫即皇帝位，谓之新。改长安为常安，以常安为国都。置常安县，隶京兆尹。

改长安，小计劣法而已。一切匆匆而过，至公元23年，王莽毙于渐台，长安得以恢复。

公元25年，刘秀即皇帝位，国都洛阳，谓之东汉。置长安县，隶京兆尹。

到公元190年，洛阳已经不宜，汉献帝遂至关中，以长安为国都。置长安县，隶京兆尹。

汉献帝时年九岁，是为董卓挟持至长安的。汉献帝在长安六年，甚短，也没有宁日。进入未央宫那天，大雨如注，白昼遂晦。干旱成灾，粮食歉收，谷价一斛竟五十万钱，长安人吃人，惨甚。公元196年，汉献帝又返中原，入驻洛阳。他仍无宁日，因为曹操要胁迫天子以命诸侯了。

公元220年，曹丕即皇帝位，国都洛阳，谓之魏。公元221年，刘备即皇帝位，国都成都，谓之蜀。公元229年，孙权即皇帝位，国都建业，今之南京，谓之吴。三国时期降临了，其魏治雍。置长安县，隶京兆郡——京兆国。

公元265年，司马炎即皇帝位，国都洛阳，谓之西晋。置长安县，隶京兆郡。

西晋为王朝，根柢扭曲，又有宗室八王的混战，遂自公元304年以后，在北方和西部出现了跌宕起伏的割据政权，谓之十六国。

此间，应该是公元311年，匈奴人刘聪率汉国军陷洛阳，俘晋怀帝，掳至平阳，谓之永嘉之乱。公元313年，晋怀帝受尽凌辱，刘聪以毒致其死。西晋急衰，不过还会残喘。此年，司马邺即皇帝位，以长安为国都。

不顺，又是冰雹，又是地震，更有匈奴人刘曜对长安的反复进攻。至公元316年，刘曜阻断了长安的内外联系，晋愍帝十六岁，只能携大臣困守长安。米一斗，金二两，太贵，太饥，不得不人吃人。晋愍帝无可奈何，遂向刘曜投降，西晋亡。

公元317年，司马睿即皇帝位，国都建康，今之南京，谓之东晋。

一旦晋的政治、经济和文化中心移至南方，游牧民族就加紧了在北方的相争。匈奴、鲜卑、羯、氐、羌，无不想做主于中原，勃然而兴，忽焉而灭。长安仍在关中，便多有向往。

公元318年，匈奴人刘曜在赤壁即皇帝位，公元319年至关中，以长安为国都，谓之前赵。置长安县，隶京兆郡。

先是匈奴人刘渊立汉国，刘曜算是他的事业的累积和提升。刘曜由刘渊养大，还有感情，遂追尊其为上帝。

刘曜勇武，不过他也好读书，能作文章。他属于汉化了的匈奴，当皇帝以后，营兴世殿于前，紫光殿于后，并在长乐宫以东立太学，在未央宫以西立小学，显然是希望鸿祚深远。

羯人石勒从前赵分裂出来，有志于北方。公元328年，自称赵王，旋即皇帝位，国都襄国，又迁邺城，谓之后赵。

前赵与后赵交战，以决存亡。洛阳之攻防，甚是激烈。

刘曜失马，为石勒部属所擒。公元329年，刘曜的儿子刘熙弃长安而逃上邽（今之甘肃天水），石勒杀刘曜，前赵亡。

公元351年，氐人苻健自称天王，大单于。公元352年，即皇帝位，以长安为国都，谓之前秦。置长安县，隶京兆尹。

前秦计有六主，苻坚颇为杰出，在位共29年。虽然是氐人，其汉化深厚，尤重儒学。礼神祇，课农桑，建学校，并给鳏寡孤独老幼以一定的福利。一再亲临太学，呈教育之美。宽待匈奴人、鲜卑人及羌人，并徙关东豪杰十万户至关中。一度关陇清晏，百姓安乐，自长安至诸州，路旁风吹槐或柳。

苻坚的战略失误是固执己见，欲灭东晋。他自以为有劲卒百万，水陆并进，必将赢之。结果淝水之战，一败涂地。此役以后，变乱纷出，苻坚竟为羌人姚苌所缢。承他之主，章法皆乱，不可延续。公元394年，前秦亡。

姚苌本是苻坚的将军，不过他篡逆了前秦。如此动作，酷似石勒。

公元384年，羌人姚苌自称大将军，大单于。公元386

年，即皇帝位，改长安为常安，以常安为国都，谓之后秦。置常安县，隶京兆郡。

改长安，小技劣法而已，要固也难。

其子姚兴接班以后，在治理上似乎还努力了一番。他先后徙阴密三万户、河西豪右一万余户和汉中流民三千余户至关中，以图社会的振兴。他在长安招选一万儒生，展现了一种汉化的方向。他更为特别的一举是，从武威迎来了鸠摩罗什，并使五千沙门自远而至。

姚兴死，其子姚泓接班。可惜东晋太尉刘裕率军北伐，从潼关进入关中，攻占了长安。公元417年，后秦亡。

鲜卑人初居大兴安岭北段嘎仙洞一带，公元1世纪，匈奴溃，其趁机南迁大泽，大约是今之内蒙古呼伦湖一带。多年以后，鲜卑人拓跋部再南迁，至今之内蒙古和林格尔一带。拓跋珪终于出现，公元386年，其在牛川，今之内蒙古锡拉木林河一带受到诸部支持成为代王，猝改魏王，国都盛乐，谓之北魏。置长安县，隶京兆郡。

不过鲜卑人知道这只是过渡，遂一定会再度南迁，以做中原之主。

公元398年，鲜卑人拓跋珪即皇帝位，国都平城。

公元409年，拓跋珪其子继立，为明元帝。公元424年，其子继立，为太武帝。此间，北魏部队攻克大夏统万城，重挫柔然，灭北燕，灭北凉。

经南安王、文成帝和献文帝，至孝文帝，公元494年，再南迁，直入中原，国都洛阳。

孝文帝推动改革，除掉了鲜卑人种种风俗，全面汉化。公元496年，下令改北魏皇族姓氏拓跋为元。

不料到了北魏孝武帝的时候，北方造反，洛阳骚动。有高欢其人，显然已经鲜卑化，精明且果敢，掌握了北魏的军权。重兵在高欢之手，孝武帝难免警惕并怀疑，甚至忧患其图谋不轨。高欢认为孝武帝身边一定是出了佞臣，遂有谗言，所以必须清君侧。

公元534年，高欢挥师骏奔洛阳，孝武帝抵挡不住，速入关中，北魏亡。

鲜卑人148年的统治，为中华民族注入了一脉强健的血液。在体质上、性格上和文化上，都使中华民族变得更骁勇，更雄壮，更博大，这也成为天下统一的基础。

高欢欲追回孝武帝，不成，就在公元534年扶持11岁的元善见登基，俄迁邺城，谓之东魏。

高洋是高欢之子，以故事表演了一番禅让的节目。东魏孝静帝受压退位，啜泣不已，东魏亡。

公元550年，高洋即皇帝位，国都邺城，谓之北齐。

北魏孝武帝至关中，宇文泰迎接了他，并在长安立其朝廷。孝武帝要依靠宇文泰，便以冯翊公主嫁之，且让其担任了宰相。可惜宇文泰独揽了军权，孝武帝不禁恼怒，就弯弓搭箭，或拍案咒骂，以发泄不满。他二十五岁，正值青年，突然以饮酒暴卒，应该是酒里有毒吧！

宇文泰的祖先曾经是鲜卑部落的贵官，然而他未必是鲜卑人。估计其出于匈奴，不过这也难考，然而也可能是鲜卑人，起码有鲜卑人的成分，推理也倾向于是鲜卑人，所以应该算是鲜卑人吧！总之，宇文泰在北魏诸部队辗转，终于随北魏将军贺拔岳经营关陇，深谋善战，遂任贺拔岳部队左丞、散骑常侍，孝武帝加其武卫将军。贺拔岳遇害，他的部队便由宇文泰指挥。孝武帝也有凭他对付高欢之图，一再进升，从侍中、骠骑大将军，到尚书仆射、关西大行台。以此背景，孝武帝才从洛阳率轻骑奔关中。

宇文泰并非平常之人，当然也是有打算的。孝武帝殁，怎么向前呢？经过推敲，他决定扶持北魏南阳王元宝炬登基。

公元535年，鲜单人元宝炬即皇帝位，以长安为国都，谓之西魏。置长安县，隶京兆郡。

西魏三主，尽是宇文泰的傀儡，这也无可奈何。

有京兆郡武功人苏绰，博物多通，尤善算术，得到宇文泰重用。苏绰提出的裁减官吏，制定的记账及户籍之法，建议屯田以资军国之策，都得到宇文泰采纳。他还总结了社会发展的六条原则，宇文泰也欣赏之至。遗憾积思劳倦，患疾而亡，四十九岁。宇文泰十分痛惜，亲自送葬。在车后酹酒，恸哭流涕，竟不觉卮坠于手。

公元556年，宇文泰命也尽了。弥留之际，对其侄宇文护郑重交代，要他辅佐宇文觉。他有数子，而宇文觉则为世子，相当于太子，应该登基。见宇文护答应了，他才合上眼睛。

西魏恭帝拓跋廓仍行禅让之礼，彬彬逊位，西魏亡。

公元557年，宇文觉即皇帝位，以长安为国都，谓之北周。置长安县，隶京兆尹。

北周有五主，有作为的当是北周武帝。宇文护先后废黜了闵帝和明帝，足有四年，令由他出。武帝用计杀了宇文护，从而理顺了朝政。他注意道德形象，日穿布袍，夜盖布被，极为节俭，尤能以身作则。他是有宏志的，灭了北齐，还想统一天下，可惜三十六岁便殁。在文化上，他推崇儒术，曾经下诏禁佛，也禁道。资料显示，当时有数万佛寺充公，数百万佛教徒返俗。不过他的政策算是温和的，并未毁庙，也并未对佛教徒动武而致命。

宇文赟继立，为北周宣帝，其皇后杨丽华是大臣杨坚之女。宣帝怪异，当皇帝一年以后便传位太子宇文阐，自己享乐去了。宣帝荒淫无度，发病而卒，仅二十二岁。

北周静帝，就是宇文阐，只有七岁。杨坚已经是上柱国、大司马，权力甚重。见北周衰朽了，他也作禅让之法，北周亡。

公元581年，杨坚在临光殿即皇帝位，以长安为国都，两年之后以大兴城为国都，谓之隋。置长安县，隶京兆郡。

杨坚曾经袭其父杨忠之爵，为随国公——隋国公，当了天子，便是隋文帝。至杨坚立隋，南朝陈的最后一个皇帝陈叔宝还在建康君临其民，耽于酒色。公元589年，隋军渡过长江，攻占建康，俘陈后主，灭陈。

灭陈的意义极大，它宣告天下统一了。

公元304年，李雄在巴蜀立成汉，刘渊在中原立前赵。自此以后，天下135年鼎沸且血腥。这一阶段，西晋转向东晋，十六国波浪翻滚。

公元420年，刘裕强致东晋恭帝司马德文禅让，东晋亡，宋立，南朝出现了，权力更迭也将出现。公元439年，北魏太武帝灭了北凉，标志北朝的出现。接着，天下将是170年的分裂局面。这一阶段，南有宋、齐、梁、陈四国，北有北魏、东魏、西魏、北齐、北周五国。天下冲突离荡，总计286年。

以隋军灭陈，归于统一。哀隋之福浅，满打满算仅有三主，三十七年。

隋文帝杨坚显然还有他的英明，除南北统一之外，科举制度为一般地主及士大夫步入仕途开辟了途径，尤能为朝廷提供贤良之才。轻徭薄赋，鼓励农桑，也是正道。其生活俭朴，避免荒淫，也为优点。对付突厥，也能以妙计抑制其侵略之势。

遗憾他选杨广为太子是一个错误，事实证明，隋炀帝的所作所为很快便陷人民于水深火热之中，从而遍地造反和起兵，使隋迅速夭折。江山是好的，杨广糟蹋了。

李渊本是隋的太原留守，并领晋阳宫监。其稍有犹豫，便顺应形势，勃然兴师，以问隋之罪。公元617年，他率军倾入大兴城，扶持代王杨侑为皇帝，乃是隋恭帝。他还遥尊隋炀帝为太上皇，以显示合礼。实际上这是禅让的启动，它由李渊及其团队主导。

隋恭帝便进封李渊大丞相，又进封唐王，又进封相国，自己逊位，退居旧邸，隋亡。

公元618年，李渊在太极殿即皇帝位，以长安为国都。置长安县，隶京兆府。

唐有国祚289年，天子二十一位，颇具一气呵成之感。

唐军破突厥，擒颉利可汗，在顺天门执其献捷，从此以后，西北诸蕃皆呼唐太宗为天可汗。唐太宗说："自古皆贵中华，贱夷狄，朕独爱之如一。”他便册命诸蕃君长，并向他们发了玺书，承认是他们的可汗。昭陵除了皇后、王子、公主及将相陪葬以外，还有突厥人阿史那思摩、阿史那社尔和铁勒人契苾何力在陪葬，也许执失思力也在陪葬吧！一千余年，风吹着唐太宗的坟草，也吹着这些异乡人的坟草。

唐有邦交国近乎三百，为唐政府工作的有日本人、天竺人、波斯人、康国人、安国人、龟兹人、疏勒人、于阗人。其多很认真，并有贡献。

唐长安可以传佛教，也可以传景教、拜火教、摩尼教和伊斯兰教。李渊认李耳为远祖，道教当然也会传。唐长安是九州青年所憧憬的地方，即使漂泊，也要至长安，因为不到这里，难以为官，遂不能光宗耀祖；不到这里，作诗也不可扬名四海。唐长安汇聚了天下的音乐和舞蹈，尤其是来自康国的胡旋舞，酒肆跳，宫廷也跳，似乎胡旋舞可以尽显风流。唐长安还出了一个女皇帝，而唐玄宗和杨贵妃的关系，足以媲美周幽王和褒姒的关系。爱美人超出爱江山，也是一种价值选择吧！长安，盛矣！

不过时极而转，这显然是一种神谕。黄巢发动了起义，飓风扬波一般撼动了唐。

此间有午沟里人，今之安徽砀山一带人朱温，也投入了起义。朱温善于作战，遂成将军，拥有重兵。不过他见起义部队受到唐军及诸路藩镇士徒合击，前途黯淡，遂从章邯弃秦归楚得到启示，便向河中节度使王重荣投降。唐僖宗高兴，授朱温左金吾卫大将军、河中行营招讨副使，并赐名朱全忠。

唐僖宗崩，唐昭宗升上了宝座，可惜唐未能中兴，而朱温则越来越强，以致控制了唐昭宗。公元904年，朱温挟天子迁洛阳，俄顷杀唐昭宗。接着安排十三岁的李柷登基，谓之唐哀帝。李柷只能对朱温步步进封，由梁王到魏王，从相国到太尉，终于有了九锡之尊。

这样，就可以重演禅让之戏了。公元907年，唐哀帝下台，唐亡。

余音犹在，一千余年，长安不复为国都矣！唯长安不湮，长安不隳。

公元907年，朱温——朱全忠即皇帝位，国都开封，谓之后梁。改长安为大安，置大安县，隶大安府。

改长安，小技卑法而已，如王莽和羌人姚苌一样，完全是扭捏作态。

唐亡以后，五代十国便出现了。

北方的五代，是由后梁发轫的。公元923年，后梁亡。公元923年，沙陀人李存勖立大唐，谓之后唐，建都洛阳。置长安县，隶京兆府。公元936年，后唐亡。公元936年，沙陀人石敬瑭立大晋，谓之后晋，建都开封。置长安县，隶京兆府。公元946年，后晋亡。公元947年，沙陀人刘知远立大汉，谓之后汉，建都开封。置长安县，隶京兆府。公元950年，后汉亡。公元951年，郭威立大周，谓之后周，建都开封。置长安县，隶京兆府。公元960年，后周亡。

十国，南方一般指吴、南唐、前蜀、后蜀、南汉、楚、吴越、闽及荆南，北方指北汉。

赵匡胤曾经任殿前都点检，负责后周皇帝及开封的安全，当为国之要津。后周恭帝柴宗训继立以后，又授其归德军节度使，赵匡胤的权力就更大了。

他应该早就有了筹划，所以结果颇为圆满。事情是这样的：京师忽然出现了真假难辨的辽与北汉联合进犯北周的消息，朝廷不禁紧张。为使赵匡胤能够宽放地率军御敌，宰相范质遂给了他可以调动更多兵马的权力，接着他就出征了。部队行至开封东北一带陈桥驿，夜色渐浓，当此之际，有将领庄严地给他披上了一件黄袍，赵匡胤便将成为皇帝。部队调头，返回开封，他的团队遂循序指挥如何禅让。后周恭帝才七岁，懂什么呢？降其为郑王，后周亡。

公元960年，赵匡胤在崇元殿即皇帝位，国都开封，谓之北宋。设陕西路，后改设永兴军路。置长安县，隶京兆府。

中国的王朝重峦叠嶂，而悲哀和不幸则莫过于赵宋王朝了，虽然赵宋之文化是中国文化的造极之处。赵宋的北方尽是虎狼，无不窥视中原，这使赵宋始终缺乏安全。

公元916年，契丹人耶律阿保机即皇帝位，谓之辽。宋辽交战，结果以宋向辽岁输银和绢获得了比较平静的局面。

1125年，女真人灭辽。

1038年，党项人李元昊——赵元昊即皇帝位，谓之西夏。西夏寇宋，而宋欲灭之则无力，宋遂消耗人财。1227年，蒙古人灭西夏。

1115年，女真人完颜阿骨打——完颜旻即皇帝位，国都上京会宁府、中都燕京大兴府、南京开封府，谓之金。设京兆府路，后改设陕西路。置长安县，隶京兆府。

金辽交战，宋和金联合起来打辽，辽灭于金。然而金刚刚得胜便攻宋，并洗劫了洛阳。1127年，宋徽宗和宋钦宗遭掳，北宋亡。

1127年，赵构即皇帝位，国都南京应天府，今之河南商丘，1138年，移跸临安府，今之浙江杭州，谓之南宋。

女真人据其中原，而南宋与金则以淮水—散关为界。公元1234年，蒙古人灭金。

蒙古人显然后来居上，并将策马征服世界。蒙古人与金交战的时候，宋和蒙古人还联合起来打金，像过去宋和金联合打辽一样，而金则灭于蒙古人。

忽必烈登基以后三年，便调兵汹汹攻宋，这完全是金灭辽便攻宋的模式的重现。1279年，宋少帝赵昺携国玺沉于海，南宋亡。

赵宋可叹，其北宋亡于金，南宋亡于元，颇为凄惨！

1271年，元立，国都大都，今之北京。设陕西四川行省，后改设陕西等处行中书省。置长安县，隶京兆府，后隶安西路、奉元路。

1368年，朱元璋祀天地，即皇帝位，国都应天府，今之南京，顺天府，今之北京，谓之明。设陕西等处行中书省，后改设陕西承宣布政使司，西安府。置长安县，隶西安府。

1376年，封朱樉为秦王，遂筑西安城。西安城的根柢是唐长安城，或曰西安城建在唐长安城的基础上。

1644年，清立，国都北京。设陕西承宣布政使司，后改设陕西左布政使司，又改设陕西布政使司，西安府。置长安县，隶西安府。

1912年，设陕西都督府，后改设陕西巡按使，又改设陕西省长公署，又改设陕西省政府，沿袭西安府，至1913年废之，设关中道，1928年又废之。1928年9月28日试行西安市政府之职能，至1930年11月8日又予以中止。1931年，西京筹备委员会组成，一度有西京浮出。1944年，设西安市，置长安县。隶关中道，后隶西安市。

1949年，中华人民共和国诞生，国都北京。设陕西省，设西安市。置长安县，隶西安市。

2002年6月2日，撤销长安县，设西安市长安区，至今。

帝制结束以后一百余年，社会生活节奏加快，机构多有变化，不过总的框架如是。

长安频频易手，其主当然形形色色。长安也骤大骤小，移来徙去。然而无论如何，长安是存在的，它不仅是一个地理的长安，历史的长安，也是一个文化的长安。长安雄踞关中，一体自成。群山为塞，愿作拱卫。

长安是长治久安的意思吗？这只是汉高祖的意思，他不过是希望他的统治及其子孙的统治长治久安而已，格局狭矣，境界窄矣！

我一直要问的是：谁称一个聚落为长安的？想到长安的人是怎样的人？岁岁琢磨，有一天，我终于明白，他不是普通人，因为即使他是智者，也属于普通人。我猜测他受到了启迪，在传上天的意思。

长安，天命长安！

原载《西安文史研究》2020年4期

散文，乃至别的文体，固然需要生活，这是一定的。不过识者，见解也，缺乏见解，将不会看透生活。见解之贵，还在于即使是反映生活，它也是见解浸润过的生活，甚至作品的新意、高意或寓意，皆源自见解。见解几乎就是思想，所以作家要努力成为一个思想家，或做一个思想者化的作家。

——朱鸿

散文与创意写作

这是一个难题，颇费思量。不过一旦提出问题，就要设法解决它。也许难题才是提升的台阶，反复翻拣那些老生常谈的问题会有多少意义呢？

好了！

创意写作？何为创意写作？它难免唬人，令人茫然，甚至使人困惑，因为凡写作无一不是希望有创意的！怎么出来一个创意写作呢？

我想用老吏断狱一般的判词作以明示，从而为解决我的难题开辟道路。纠缠创意写作的兴起、迁徙和实践，将使我深陷其中，自拔之时又拖泥带水，难免妨碍和削弱行文或披文的喜悦。

创意写作无非是指，要摆脱和超越自己有限的经历，重在寻找并发现让市场有兴奋、有喜悦，并不失人文主义蕴含的材料，以进行一种创造性的写作。

创意写作显然要通向文化产业。

创意写作的关键是，让习惯性地关注自己及身边小天地的目光，转向大世界，因为大世界才具别样的可供挖掘的写作的富矿。

创意写作涵盖的范围很广，然而术业专攻为善，我对生产类文体和工具类文体的创意写作，就只能搁置了。我有自己的畛域，即使我具通吃的胃口，我也没有通吃的恶习。我要探究的，只是欣赏类文体的创意写作。不过欣赏类文体中，小说、诗歌和戏剧的创意写作，我也要暂且绕开。

我需要聚焦于一点，这便是选出欣赏类文体中的散文，以厘清它与创意写作的关系。

不易，不易至极！因为自现代文学以来，关于散文，大言滔天，然而究竟什么是散文呢？即使鲁迅或周作人，冰心或张中行，甚至几十年一直任一家散文杂志的主编、著名作家，贾平凹，他们谁有可以公认的关于散文本质特征的一个观点呢？他们非不能也，唯散文之概念不易确立矣！

观察中国散文，其自古至今，浩无际涯，或若山间丛林，或如地表沼泽，气势甚大，吸引力甚大，裹挟力甚大，人无不受其影响。受其影响，似乎是好的，然而也未必真好，甚至不一定能好。

以文学艺术要求，散文实际上有三种形式：小品、随笔和纪事。也许还有其他形式，不过这还当再总结，再认识。

我以为，距创意写作最近的是散文中的纪事。纪事这一散文的形式也最能催生创意写作。所以，水落石出：我要考索的是纪事与创意写作。

纪事与记事大不相同。

记事就是把事情记录下来，也算一种文体。事情或大或小，或远或近，或朝或野，或雅或俗，不过是记录而已，即使注重时间，地点，事情的发生、经过和结果，有详有略，也还是一种记录。

记事笼于记之中。

记是中国古代散文的一种形式，起于上古的地理之记，扬雄用过，陶渊明用过，至唐才发展为散文的一种文体。韩愈之记中加议，柳宗元之记中增绘，范仲淹记中抒情，王安石记中论理，苏轼记中随心所欲，无所不糅，袁宏道之记强调性灵，姚鼐之记兼顾考据、义理和辞章。一路下来，形成记的传统。不唯记事，也还记人、记景、记物、记游、记史或记言，不过记以记事为大宗。

窃以为，记事以至记这一中国古代散文，总体上过于肤浅，过于简单，缺乏窈窕的结构和意味久远的思想。当然，有一位伟大的作家不是这样，司马迁。

记，包括记事，给了现代散文及当代散文以注入血液和渗进骨髓的影响。虽然语言白话了，不过作家多无散文现代性的意识，更乏散文属于一种文学艺术的自觉和追求。作家常常是定型性地写作，某些方面，包括记事而抒情，仿佛仍在传统的磨道转圈，而文章的趣味和叙述的精粹则又不如先哲与前贤。

今天的一些散文，或曰记事散文，或曰叙事散文，或曰记叙散文，或曰记叙文，只要在思维上和技法上，沿袭了记包括记事这一种散文形式的，不知其短，不改其弊，它们的文学艺术的分量就并非足够。它们貌似散文，实际上只不过是撒了一些散文元素的普通文章而已。

散文的日常化，随便化，粗糙化，使人辄痛于心，因为这跟文学艺术的距离确实过远。中国散文传统强大的影响，有时候竟是如此消极。

纪事是散文的三种形式之一，其他两种是小品和随笔。

纪事是关于人类和人生重要事情的叙述。这些事情可以是现实的，也可以是历史的，当然也可以是世界的。之所以重要，是因为它经过了严格的选择。通过这样的事情，足以表达对人性、人情、人的尊严、人的自由和权利的捍卫、关怀和弘扬。纪事难免有质疑和思辨，它所含的智慧，应该具警醒和启示的作用。纪事所聚汇的信息是鲜见的，尖端的，也是宝贵的。

纪事用高品质、高水平的文学艺术的标准要求每一个字，甚至语言不准确，不生动，不惊喜，便死不罢休，从而保证充分的审美价值。纪事的丰富、跌宕和纵深，决定了它的篇幅是适中的，不能太短，也不能敷衍得太长。纪事在结构上是一脉山丛，不是一座孤峰；是一片林木，不是一棵树；是一个建筑群，不是一院平房。

纪事拒绝日常化、随便化和粗糙化的叙述。纪事拒绝小感觉，小故事，小情绪，更拒绝概念化的思想或所谓升华性的思想。

纪事这种散文，不会像麻雀和兔子一样频频繁衍。它是老虎或鹰，偶尔得见。

纪事为辞，其来尚矣！宋濂和姚华，还曾经以纪事为文体。

纪者，记也。纪通记。不过司马迁记帝王之所作，用纪不用记，本其事情而记之，遂有本纪。基于此，纪比记多了一层庄重和威严。

然而，往矣，这一切。

我借纪事其辞，用以表达一种具现代性的散文形式。我通过纪事强调散文必备的文学艺术之本质特征。

我在海洋一般的词汇里，觅得纪事之语，拿它统摄以叙述重要事情为类型的散文，并让这种散文承担创意写作，也实在是苦心孤诣了。

从事散文写作三十余年，求索之路可谓弯弯且漫漫。当初闯入散文天地，只见烟海莽原，不禁会有淹没之感。

写作是自发的，不能俯察，不能凌驾，也就不能塑造出或雕刻出棱角分明的艺术风格。然而孜孜矻矻，乐以忘忧，相信隧道必尽，艺术之光一定会洒满无垠的旷野。

如何让散文挣脱传统的浇灌、熏染和束缚，使它带着现代性从古籍里与古制里复活，我无日不在苦思。

当我意识到，虽然散文有古有今，有中有外，林林总总，不过它基本上可以归为小品、随笔和纪事三种形式，而纪事则会导致创意写作，遂豁然开朗，不但有俯察之感，凌驾之感，而且散文的写作也从自发蜕变成了自觉。

闭上眼睛，我也知道过去的累累作品，什么可以算作小品，什么可以算作随笔，什么可以算作纪事，什么属于我批评地撒了一些散文元素的普通文章。

我也清楚，必须终止貌似散文的普通文章的写作，必须使每一篇散文都具某一种类型的强烈色彩。所有过渡性的中庸性的散文写作，皆当歇业。

对过去的散文写作进行一番检讨，将有助明辨纪事与记事的差异。

记事的写作往往是顺俗的，顺势的，也是非常顺手的，然而它难到极致。纪事的写作偶尔也峥嵘毕露，或也在流传，可惜参差不齐，错落有阙，是因为纪事理念尚未形成，不能指导纪事的写作。

纪事与记事显然是大不相同的。

现在，是时候解决我提出的问题了。实际上到了这个程度，散文与创意写作，或纪事与创意写作，也就是一层纸的撞破了。

把纪事的功能与创意写作的目标准确对接起来，将发现纪事这种形式的散文非常适合创意写作。反之，要使创意写作进入散文的疆界，纪事不但是合适的选项，甚至是唯一的选项。这是因为：纪事可以持续满足人的精神需要，一茬人读了，还会再有一茬人读。它的一版再版，连仍传播，就是文化产业。散文书常销的或畅销的，都比较少，但纪事却是一种可能。除此之外，纪事的某些作品也存在着电影拍摄的可能，也不排除它会改编为戏剧或动漫。

散文的几种形式，还有哪一种像纪事这样适合创意写作呢？

那么纪事如何写作呢？这是别的一个问题了。

原载《语文学习》2018年7期

忠信地耕耘在散文的园地里

作品一篇，也可以轻松而成，不过往往也有临危之惧。实际上写作若产生了难的感觉，我还是会兴奋的，因为它预示着突破。克难而成，才有快乐。

周作人的写作，似乎越到后面越轻松，但蒙田的写作却一直像登山一样需要用力。读培根的作品，显然也是始终用力的。

当初起念以写作为志业，长者就有告诫，作家是要靠德识才学的。窃以为这种教诲是玄了，遂并不理会，唯凭着激情，埋头雕龙。不过经营既久，希望艺术造诣再提高一点，便意识到了德识才学的重要。

有言者不一定有德，可是有德者一定有言，而且言必由衷。范仲淹说：“先天下之忧而忧，后天下之乐而乐。”欧阳修说：“人知从太守游而乐，而不知太守之乐其乐也。”如果没有真正的精神追求，不到峻拔的境界，这样的思想就根本无法出放。陀思妥耶夫斯基，托尔斯泰，言之滔滔，当然也是在精神上苦苦追求。启示是，非诚心诚意关注天下并为天下所虑的作家，也许会立而不稳，行而不远。

散文，乃至别的文体，固然需要生活，这是一定的。不过识者，见解也，缺乏见解，将不会看透生活。见解之贵，还在于即使是反映生活，它也是见解浸润过的生活，甚至作品的新意、高意或寓意，皆源自见解。见解几乎就是思想，所以作家要努力成为一个思想家，或做一个思想者化的作家。写作不是容易的事，这是我愈来愈能体会到的。

才，是基础，凡是对写作有兴趣的，大约都算有才吧！然而不憎命专攻，作品不可工。诗曰：“宝剑锋从磨砺出，梅花香自苦寒来”，应该是道尽了才与用功的关系。

学，当然指知识。过去朦朦胧胧地认为，身在生活之中，必有激情，激情上来，便可写作。这没有错，可惜渐渐发现，知识贫困，连陶渊明和杜甫的诗也难懂，因为他们无不是学富五车之士。三十岁以后，才彻底明白学是能滋养写作的。遗憾至今仍觉得其学粗疏，千疮百孔，思之不免汗颜。望着满室图籍，更是惶恐。

尽心于事为忠，不欺于己为信。在写作上，德识才学的精进，没有忠信的态度显然不行，尤其散文的写作，它一点也遮掩不了。我常常问自己，毒眼睛多的是，你就在你的作品之中，你就在你的句子和词语之中，你能逃往哪里去呢？

原载《北京文学》2020年8月公众号

后记

此书所录作品，皆刊于2018年至2020年之间，计有三十五篇。只有两篇作品，曾经出现于我的前一部散文集中。重复不妥，想略去，然而觉得特别重要，且发表的时间也在此书所录范围，斟酌再三，还是留下了。

我出版散文集多部，此书我选得最认真，也最费脑子。

我希望此书是一部纯粹的散文集，从而做了精选。关于人物的作品，我还是比较多的，且觉得我的这些人物身上大有文化含量和时代光影，欲以后作为专集出版，所以基本上都没有纳入。显然，此书并非这三年的全部作品。

关于散文艺术的心得，那是经常有的。我择出两篇，也以时间顺序排列，收在此书，不过所在位置，显示它们有别于其他作品。它们是理性的，论述的。

非常清楚，此书的作品，尽按发表时间的顺序排列。

感谢张亦偶及其团队，敬业且颇具创意，这令人欣慰，也是拙作的幸运！

2024年4月27日，窄门堡